Chère lectrice,

J'ai l'immense plaisir de vous annoncer que « La Couronne de Santina », la nouvelle grande saga de votre collection Azur, débute enfin ce mois-ci ! Plongez-vous vite dans le premier tome de la série, et découvrez la folle et inconvenante passion de Sophia, princesse rebelle de Santina, pour le ténébreux souverain de Nailpur (*Scandale pour une princesse*, Azur nº 3345)…

Vous trouverez également, dans votre sélection d'avril, le deuxième volet des « Héritières rebelles », la trilogie de Lynne Graham, où la belle Beatriz se voit forcée d'épouser un arrogant milliardaire grec pour sauver sa famille de la ruine (*L'épouse de Sergios Demonides*, Azur nº 3344).

Et enfin, ne ratez surtout pas « L'héritage des Fitzroy » d'India Grey (Azur nº 3341) : avec ce tout nouveau volume double exceptionnel (deux romans inédits), vous découvrirez l'histoire d'amour bouleversante — et pleine de rebondissements ! — de Sophie et Kit Fitzroy.

Tout un programme pour démarrer le printemps en beauté !

Très bonne lecture,

La responsable de collection

L'épouse de Sergios Demonides

LYNNE GRAHAM

L'épouse de Sergios Demonides

collection Azur

éditions HARLEQUIN

Collection : Azur

Cet ouvrage a été publié en langue anglaise
sous le titre :
A DEAL AT THE ALTAR

Traduction française de
ELISABETH MARZIN

83-85, boulevard Vincent-Auriol, 75646 PARIS CEDEX 13.

Service Lectrices — Tél. : 01 45 82 47 47

www.harlequin.fr

ISBN 978-2-2802-7917-8 — ISSN 0993-4448

1.

— Mes intentions concernant les hôtels Royal ?

Sergios Demonides esquissa un sourire sarcastique.

— Pour l'instant, laissons Blake se faire des cheveux blancs.

— Bien, monsieur.

Thomas Morrow, cadre supérieur venu sonder son employeur à la demande de ses collègues, sentait la sueur perler à son front. Les tête-à-tête avec le milliardaire grec étaient aussi rares que stressants. Il valait mieux éviter de commettre le moindre impair.

Tout le monde savait que Sergios Demonides n'avait aucune indulgence. Malheureusement, c'était également un franc-tireur qui n'éprouvait guère la nécessité d'expliquer ses stratégies à ses collaborateurs, ce qui avait tendance à leur compliquer la vie.

Quelques mois plus tôt, il semblait prêt à acquérir le groupe Royal à n'importe quel prix. La rumeur avait même couru qu'il allait épouser la ravissante Zara Blake, fille du propriétaire. Cependant, après la publication dans la presse d'une photo de Zara dans les bras d'un banquier italien, cette rumeur s'était éteinte. Sans pour autant que les employés de Demonides perçoivent le moindre signe de contrariété chez leur patron.

— J'ai retiré ma première offre. A présent, le prix va baisser, déclara Sergios, les yeux brillants.

Acheter le groupe Royal au prix fort serait une aberration. Même si quelques mois plus tôt il était prêt à le faire. A l'époque, son grand-père Nectarios, qui avait fondé son empire des Demonides en dirigeant le tout premier hôtel Royal de Londres, était gravement malade. Mais, Dieu merci, Nectarios avait la peau dure ! Les dernières techniques de chirurgie cardiaque dont il avait bénéficié aux Etats-Unis avaient fait le reste. La chaîne hôtelière restait le cadeau idéal à lui offrir pour son quatre-vingtième anniversaire, mais Sergios n'était plus disposé à l'acheter à n'importe quel prix.

Quant au mariage qu'il avait failli contracter pour sceller l'accord initial, quel soulagement d'y avoir échappé ! Il pouvait remercier le destin de lui avoir évité une grossière erreur. Zara Blake avait démontré qu'elle était une femme frivole sans aucun sens des responsabilités. Et par conséquent, tout à fait indigne de devenir son épouse. Dommage, parce qu'elle semblait avoir un bon contact avec les enfants.

C'était pour eux que Sergios envisageait de se remarier. S'il n'avait pas été le tuteur de ses trois neveux orphelins, il n'envisagerait pas aujourd'hui de se remarier. Dans ce domaine, un désastre était amplement suffisant !

D'ailleurs, il n'avait rien caché de ses intentions à Blake. Il ne cherchait qu'un mariage de convenance. Une union fictive qui lui permettrait d'offrir une mère à ces petits et d'apaiser sa conscience. Il ne savait pas s'y prendre avec les enfants et il n'en voulait pas lui-même. Toutefois, son sens du devoir lui imposait de faire tout son possible pour rendre heureux ceux de son cousin disparu.

— Nous attendons que Blake prenne l'initiative ? hasarda Thomas Morrow en rompant le silence d'une voix hésitante.

Sergios hocha la tête.

— Il ne tardera pas. Il ne dispose pas des fonds suffisants pour gérer toutes ses sociétés. En bref, il a le couteau sous la gorge, conclut-il avec une satisfaction non dissimulée.

— En tant qu'institutrice, tu as l'habitude des enfants, souligna Monty Blake, ignorant l'air effaré de sa fille aînée. Tu serais une épouse idéale pour Demonides…

— Stop !

Les yeux émeraude de Bee lancèrent des éclairs. Quand son père lui avait demandé de passer le voir à son bureau de l'hôtel Royal, elle s'était dit que ça ne présageait rien de bon. Malheureusement, elle avait vu juste !

— Je ne suis pas Zara. Je n'accepterai jamais d'épouser un milliardaire arrogant et mufle qui cherche une épouse parce qu'il trouve ça plus pratique qu'une baby-sitter pour s'occuper de ses enfants !

— Ce ne sont pas les siens, rectifia Monty Blake comme si ça changeait tout. Il est devenu leur tuteur à la mort de son cousin. Et apparemment cette responsabilité lui pèse.

Bee leva les yeux au ciel. De mieux en mieux ! Mais il était vrai que des tas d'hommes considéraient les enfants comme des fardeaux. A commencer par celui qui se trouvait en face d'elle… Son père avait peut-être réussi à convaincre sa sœur Zara d'accepter un mariage de convenance avec Demonides, mais avec elle il n'avait aucune chance !

Contrairement à sa cadette, elle n'avait jamais cherché à gagner l'estime de son père, pour qui elle n'éprouvait ni affection ni respect. Non seulement il l'avait négligée pendant toute son enfance, mais quand elle avait eu seize ans il n'avait rien trouvé de mieux à faire que de lui conseiller de suivre un régime et de se teindre les cheveux ! Pour Monty Blake, la femme idéale était blonde et mince. Tout l'inverse de sa fille aînée, brune et plantureuse…

Dans le bureau lambrissé de chêne, Bee jeta un coup d'œil à la photo de sa belle-mère Ingrid, un ex-mannequin suédois blond platine et filiforme.

— Désolée, je ne suis pas intéressée.

Son père la foudroya du regard.

— Tu ferais pourtant bien de l'être. Ta mère et toi vous menez une existence confortable, il me semble ? Eh bien, si Demonides réussit à racheter le groupe Royal pour une bouchée de pain, Ingrid et moi nous ne serons pas les seuls à en subir les conséquences.

Bee tressaillit.

— Que veux-tu dire ?

— Tu as très bien compris. Tu n'es pas aussi stupide que ta sœur…

— Zara n'est pas stu… !

— Je vais aller droit au but, coupa sèchement Monty Blake. J'ai toujours été très généreux avec ta mère et toi.

— C'est vrai, reconnut Bee à contrecœur.

Impossible de nier l'évidence. Et le moment était mal choisi pour expliquer qu'elle avait toujours considéré cette générosité comme une juste compensation pour le préjudice subi par sa mère.

Emilia, première épouse de Monty Blake, était restée paraplégique après un grave accident de voiture survenu alors que Bee était âgée de quatre ans. Très vite, elle s'était rendu compte que son handicap révulsait son jeune et ambitieux mari. Très digne, elle avait accepté un divorce par consentement mutuel. Soulagé, Monty lui avait acheté un pavillon qu'il avait fait aménager pour répondre à ses besoins spécifiques. Il payait également les services d'une aide à domicile, ce qui laissait à sa fille toute sa liberté pendant la journée.

En raison des responsabilités qu'elle assumait depuis son plus jeune âge, Bee avait une vie sociale restreinte et des besoins limités. Cependant, elle était consciente que, sans le soutien financier de son père, elle n'aurait jamais pu faire d'études ni exercer le métier dont elle avait toujours rêvé.

— A moins d'accepter de faire ce que je te demande, il va falloir tirer un trait sur mes largesses, insista Monty Blake. La maison de ta mère m'appartient. Si j'ai besoin d'argent, je la vendrai.

Bee sentit le sang se retirer de son visage.

— Tu ne peux pas faire ça à maman !

— Pourquoi pas ? Je l'ai épousée il y a plus de vingt ans et je n'ai jamais cessé de subvenir à ses besoins depuis. N'importe qui conviendrait que je me suis largement acquitté de mes devoirs envers une femme à qui je n'ai été marié que cinq ans.

— Oui. Maman et moi nous te sommes reconnaissantes de tout ce que tu as fait pour elle, acquiesça Bee, mortifiée.

Etre obligée de s'aplatir devant son père était insupportable ! Malheureusement, elle n'avait pas vraiment le choix…

— Si tu veux qu'elle continue à bénéficier de ma générosité, il va falloir y mettre du tien, poursuivit Monty. Il faut absolument que Sergios Demonides achète mes hôtels au prix fort. Il était prêt à le faire avant que ta sœur le laisse tomber pour épouser cet Italien…

— Zara a eu bien raison ! Elle est amoureuse de

Vitale et très heureuse avec lui. Mais ce n'est pas pour ça que je dois me sacrifier à sa place.

Ignorant cette objection, Monty Blake déclara d'un ton cassant :

— Tu n'as malheureusement pas le physique avantageux de ta sœur. Mais après tout Demonides cherche avant tout une mère pour les enfants dont il a hérité. Or tu es beaucoup plus apte à jouer ce rôle que Zara. Elle ne sait même pas lire correctement ! Je suis sûr qu'il l'ignorait. Sinon il n'aurait jamais envisagé de l'épouser.

Bee serra les dents. Décidément, son père serait toujours aussi odieux. Qu'il lui rappelle crûment qu'elle n'était pas séduisante, elle s'en moquait. En revanche, elle ne supportait pas qu'il affiche un tel mépris pour sa sœur, atteinte de dyslexie !

— Zara est une paysagiste de grand talent, rappela-t-elle d'un ton vif. Quant à Sergios Demonides, je suis sûre qu'il a l'embarras du choix. Les femmes superbes prêtes à tout pour l'épouser ne doivent pas manquer. Or, comme tu l'as si élégamment fait remarquer, je peux difficilement prétendre à ce qualificatif. Je ne comprends pas pourquoi tu t'es mis dans la tête que je pourrais l'intéresser.

— Parce que ce qu'il recherche ce n'est pas un top model, mais une femme sérieuse capable d'élever trois enfants. Tu es la candidate idéale. Pédagogue, intelligente, sensée…

— C'est ridicule ! Je n'ai rencontré Sergios Demonides qu'une seule fois et il m'a à peine regardée !

En réalité, ce mufle ne s'était pas gêné pour reluquer sa poitrine pendant toute la soirée… Mais mieux valait éviter de le préciser, décida Bee.

— Peu importe, répliqua son père en balayant cette objection d'un revers de la main. Tu vas aller le voir pour lui proposer un marché. Le même que celui qu'on avait conclu à propos de Zara. Un mariage qui assure une vie de famille aux enfants de son cousin contre le rachat de mes hôtels au prix convenu.

Bee faillit s'étrangler.

— Tu veux que j'aille le voir pour lui proposer de m'épouser ? C'est une idée grotesque !

— Tu es suffisamment intelligente pour le convaincre que tu es l'épouse qu'il lui faut. Il faut que tu réussisses. J'ai besoin de vendre mes hôtels au plus vite. Sinon, tout ce pour quoi j'ai travaillé toute ma vie s'écroulera comme un château de cartes. Et ta mère pourra dire adieu à son confort…

— Ne menace pas maman !

— Ce n'est pas une menace, c'est un fait. La banque me refuse un nouveau prêt et Demonides a visiblement décidé de me faire lanterner. Or je ne peux pas me permettre d'attendre. Si je plonge, toi et ta mère vous perdrez tout vous aussi. Imagine la situation. Plus de maison accessible en fauteuil, plus d'aide à domicile, plus de vie à toi…

— Ça va, j'ai compris ! protesta Bee, l'estomac noué. Mais il faut avoir perdu la tête pour s'imaginer que Sergios Demonides pourrait épouser une femme comme moi !

— Peut-être, mais nous n'en aurons la certitude que si tu tentes le coup, non ?

— C'est bien ce que je disais… Tu as perdu la tête !

— Si tu ne fais pas au moins l'effort d'aller le voir, je mettrai la maison de ta mère en vente dès cette semaine.

— Je ne veux pas… Je ne *peux* pas y aller !

— Ma demande n'a rien d'extravagant, Bee. Elle est même très raisonnable. Je suis dans une situation extrêmement délicate. Après tout l'argent que j'ai dépensé pendant des années pour ta mère et pour toi, il est normal que tu m'aides à ton tour.

— Tu trouves raisonnable de m'envoyer chez ce milliardaire qui a toutes les femmes à ses pieds pour lui proposer de l'épouser ? Sur quelle planète vis-tu ?

— Promets-lui de prendre ses enfants en charge tout en lui laissant sa liberté. A mon avis, tu as toutes les chances d'aboutir.

— Et si je m'humilie devant lui pour rien ?

— Il faut que ça marche. C'est la seule solution pour que ta mère continue à vivre confortablement comme elle le fait depuis des années.

— J'ai un scoop pour toi ! lança Bee avec amertume. La vie en fauteuil roulant n'a rien de confortable !

— Sans mon soutien, elle risque de l'être encore moins.

Quelques minutes plus tard, Bee quitta l'hôtel et prit le bus pour regagner la maison qu'elle partageait avec sa mère. Elle préparait le dîner quand Emilia revint de la bibliothèque, accompagnée de Beryl, son aide à domicile.

— J'ai trouvé un Catherine Cookson que je n'ai pas lu ! annonça-t-elle avec un sourire joyeux en arrivant dans la cuisine.

— Je sens que je vais avoir du mal à te convaincre de dormir, ce soir.

Bee observa sa mère, le cœur serré. Le visage d'Emilia était marqué par des années de souffrance mais elle restait déterminée à se réjouir de la moindre petite satisfaction. Cet accident avait détruit sa vie, et pourtant elle ne se plaignait jamais.

Plus tard, après avoir installé sa mère pour la nuit, Bee

entreprit de corriger les devoirs de ses élèves. Au bout d'un moment, elle dut se rendre à l'évidence. Malgré tous ses efforts, elle était incapable de se concentrer. Impossible de chasser de son esprit sa conversation avec son père…

Certes, les menaces de ce dernier étaient odieuses, mais de son côté n'avait-elle pas fait preuve jusque-là d'un optimisme démesuré ? Depuis toujours, elle considérait comme acquis le soutien financier de son père. Jamais elle n'avait imaginé qu'il pourrait se trouver un jour dans l'impossibilité de subvenir aux besoins de sa mère.

A présent, elle ne pouvait s'empêcher d'imaginer le pire… Si Emilia était obligée de déménager, ce serait un déchirement pour elle. L'agencement de sa maison lui assurait une grande autonomie. Quant au jardin, Zara y avait mis en place des parterres de fleurs surélevés, afin qu'elle puisse jardiner les jours où elle en avait l'énergie.

L'estomac de Bee se noua. Si la maison était mise en vente, son salaire lui permettrait de louer un appartement, mais pas de payer une aide à domicile. Si bien qu'elle serait obligée d'arrêter de travailler pour s'occuper de sa mère. Et qu'elle perdrait donc son salaire…

Pour l'instant son père réglait toutes les factures, mais aucune disposition légale ne l'obligeait à subvenir aux besoins de son ex-femme. Sans son soutien, Emilia dépendrait entièrement de l'aide sociale. Elle devrait renoncer à tous les extra qui lui rendaient la vie plus douce. Comment se résoudre à une telle éventualité ?

Bee déglutit péniblement. La perspective de proposer à un milliardaire arrogant et séducteur de l'épouser en devenait presque acceptable…

Quelle importance si elle se ridiculisait ? Parce qu'elle

se ridiculiserait, il n'y avait aucun doute là-dessus. Demonides en ferait peut-être même des gorges chaudes pendant des années ! Il semblait du genre à se réjouir du malheur des autres.

Il était vrai que dans ce domaine il avait eu sa part… Quand sa sœur Zara avait accepté d'épouser l'armateur, Bee avait fait des recherches sur internet. Sergios n'était entré dans la famille Demonides qu'à l'adolescence. Il traînait derrière lui un passé de petit délinquant après avoir grandi dans l'un des quartiers les plus pauvres d'Athènes. A vingt et un ans, il avait épousé une belle héritière grecque, qui s'était tuée en voiture trois ans plus tard, alors qu'elle était enceinte. Sergios Demonides était peut-être démesurément riche et puissant, mais sa vie privée était un véritable désastre.

Par ailleurs, il était réputé pour son manque total d'humanité. Impitoyable en affaires comme en amour, il était dénué de la moindre compassion. Le genre d'homme qui aurait donné des cauchemars à Zara !

Par chance, contrairement à sa sœur elle n'était pas une âme sensible, se dit Bee pour se réconforter. Grandir sans père et être obligée de mûrir prématurément pour s'occuper d'une mère invalide lui avait forgé le caractère…

A vingt-quatre ans, elle n'était ni jolie ni féminine, et elle savait que son manque de coquetterie rebutait les hommes. Elle s'en moquait. Le seul dont elle était tombée amoureuse lui avait ôté le goût de plaire en lui brisant le cœur. Son intelligence pénétrante et son franc-parler achevaient de les faire fuir. Elle n'était pas du genre à jouer les femmes fragiles pour flatter leur ego comme le faisait sa belle-mère Ingrid avec son père…

Le lendemain, Bee dut se faire violence pour décrocher son téléphone et solliciter un rendez-vous avec Sergios

Demonides. Pour la première fois de sa vie, elle partait battue d'avance… Quelle démarche ridicule ! Quelle perte de temps !

Lorsque l'assistante de Sergios Demonides lui demanda s'il accepterait de recevoir Beatriz Blake, une image s'imposa aussitôt à son esprit. Une brune aux yeux verts étincelants de colère et aux seins somptueux… Ce dîner mortellement ennuyeux avait été rendu supportable par le spectacle de cette poitrine défiant la loi de la gravité. Même si la fille aînée de Blake n'avait pas paru flattée par ses regards admiratifs !

Pourquoi voulait-elle le voir ? Travaillait-elle avec son père ? Comptait-elle mener les négociations pour le compte de ce dernier ? Le meilleur moyen de le savoir c'était de le lui demander…

Le lendemain après-midi, vêtue d'un tailleur-pantalon gris réservé aux rendez-vous importants parce qu'il lui donnait un semblant d'assurance, Bee attendait à la réception, au rez-de-chaussée de l'élégant immeuble de verre et d'acier qui abritait le siège londonien de la compagnie maritime SD Navigation. L'estomac noué, elle luttait contre une furieuse envie de prendre ses jambes à son cou.

— M. Demonides vous attend, mademoiselle Blake, annonça la réceptionniste avec un sourire professionnel.

Elle se leva, le cœur battant à tout rompre. Pourquoi avait-elle cédé aux injonctions de son père ? L'armateur grec était une brute incapable de contrôler ses regards libidineux… Quel souvenir détestable ! Que lui avait-il pris d'emprunter une robe de soirée à une amie pour ce stupide dîner ? Elle qui dissimulait toujours soigneusement sa poitrine, elle avait été au supplice toute la soirée avec ce décolleté plongeant… Au lieu de s'intéresser à Zara, pourtant sublimement belle, Demonides n'avait pas cessé de la dévorer des yeux.

Une chose était certaine, le but de cette visite n'était pas de le soumettre à une offensive de charme, songea Sergios avec dérision dès que Beatriz Blake franchit le seuil de son bureau. Chaussures plates, tailleur-pantalon informe, chignon strict et pas la moindre trace de maquillage… Un homme comme lui, habitué à ce que les femmes se mettent en quatre pour le séduire, pourrait considérer cette absence criante de coquetterie comme un affront…

Il s'avança vers Bee, le visage fermé.

— Mon temps est précieux, Beatriz. J'ignore la raison de votre visite, mais je vous serais reconnaissant d'être brève.

Impressionnée, Bee recula d'un pas. Elle avait oublié à quel point Sergios Demonides était imposant… Non seulement il la dépassait d'au moins trois têtes, mais il était bâti en athlète. Quant à son visage aux traits ciselés et au teint hâlé, mis en valeur par d'épais cheveux noirs, il était d'une beauté saisissante. Il fallait bien le reconnaître… Par ailleurs, le milliardaire possédait l'assurance liée à son immense richesse, perceptible à l'éclat discret de sa montre et de ses boutons de manchettes en or, ainsi qu'à la coupe impeccable de son complet sombre.

Le regard de Bee croisa celui de Sergios et elle fut électrisée par l'éclat de ses yeux noirs.

— C'est mon père qui m'a demandé de venir vous voir.

Allons bon, elle avait tellement de mal à respirer que sa voix était à peine audible ! constata-t-elle avec agacement.

— Que pouvez-vous bien avoir à me dire qui puisse m'intéresser ?

— Je pense que vous allez être surpris…

Amusée malgré elle, Bee réprima une moue de dérision.

— Non, je *sais* que vous allez être surpris.

Sergios resta impassible. Les surprises étaient très rares dans sa vie. Pour la bonne raison qu'il les évitait. Tout contrôler était pour lui une règle de base.

— Il a été question que vous épousiez ma sœur Zara et…

— Ça n'aurait pas marché, coupa-t-il d'un ton sec.

Bee crispa les doigts sur la poignée de son sac.

— Elle m'a expliqué ce que vous attendiez de cette union.

— C'est très indiscret de sa part.

A son grand dam, Bee sentit ses joues s'enflammer.

— Je… je vais jouer cartes sur table et en venir au fait.

Sergios s'appuya contre son bureau et darda sur elle un regard qui n'avait rien d'encourageant.

— J'attends.

Elle inspira si profondément que sa poitrine se gonfla et faillit faire sauter les boutons de son corsage sous la veste de son tailleur. L'espace d'une seconde, le regard de Sergios fut irrésistiblement attiré par ces seins, dont il gardait un souvenir très précis.

— Mon père a beaucoup insisté pour que je vienne vous voir… Je lui ai dit et répété que c'était ridicule, mais finalement je suis ici.

— Oui, vous êtes ici…

Sergios feignit d'étouffer un bâillement.

— Et vous ne vous décidez toujours pas à en venir au fait…

— Mon père propose que je prenne la place de Zara.

Les joues en feu, Bee vit l'incrédulité se peindre sur les traits de son interlocuteur.

— Je vous avais dit que c'était ridicule. Il pense qu'il aura plus de chance de vous vendre ses hôtels s'il met dans la balance une épouse susceptible de vous convenir.

— Vous n'avez pas le profil d'une épouse susceptible de me convenir, répliqua Sergios avec une franchise brutale.

Après tout, c'était la stricte vérité. Beatriz Blake était tout à fait quelconque… Un souvenir enfoui s'imposa soudain à lui. Son grand-père lui avait dit un jour :

« Ce sont les femmes peu séduisantes qui font les meilleures épouses. Ta grand-mère était généreuse, fidèle et affectueuse. Je n'aurais pas pu être plus heureux en ménage. Mon autorité était respectée, mes enfants choyés, ma maison bien tenue. Elle ne m'a jamais causé le moindre souci. Les femmes belles sont plus exigeantes et moins bienveillantes. »

Le commentaire peu flatteur de Sergios avait fait pâlir Bee, mais elle s'efforça de se ressaisir.

— Je ne suis ni blonde ni belle, mais je pense être plus apte que Zara à remplir cette fonction.

Sergios la considéra avec curiosité.

— Vous parlez comme si devenir ma femme revenait à accepter un emploi.

— N'est-ce pas le cas ? D'après ce que j'ai compris, si vous voulez vous marier c'est uniquement pour donner une mère aux enfants de votre cousin. Or je pourrais m'occuper d'eux à plein temps, ce qui n'aurait pas été le cas de Zara. Je suis également…

— Attendez un peu… Quel genre de pression votre

père a-t-il exercé sur vous pour vous convaincre de venir me débiter de telles absurdités ?

Après une brève hésitation, Bee releva le menton d'un air de défi. Au nom de quoi garderait-elle le secret sur le chantage de son père ?

— Il menace de couper les vivres à ma mère et de vendre notre maison s'il n'obtient pas le prix espéré pour sa chaîne d'hôtels. Je gagne ma vie, mais ma mère est en fauteuil roulant et je n'ai pas les moyens de lui offrir le confort dont elle bénéficie actuellement. Or je ne supporte pas l'idée que ses conditions de vie se dégradent. Sa situation est déjà assez pénible comme cela.

Sergios ne put s'empêcher d'être impressionné par le dévouement de Bee. De toute évidence, Monty Blake était encore plus inhumain qu'il ne l'imaginait. Même son grand-père Nectarios, l'un des hommes les plus durs de sa connaissance, ne serait jamais allé jusqu'à menacer de jeter à la rue une ex-épouse handicapée. Quant à Beatriz, son honnêteté et son sens de la famille étaient admirables et en disaient long sur sa personnalité. Ce n'était pas par cupidité qu'elle faisait cette démarche, mais parce qu'elle n'avait pas le choix. Bien sûr, ce n'était pas très flatteur pour lui. Mais justement il détestait la flatterie. Celle-ci était rarement désintéressée…

— Expliquez-moi pourquoi vous vous estimez plus apte que votre sœur à vous occuper de mes enfants.

— Etant institutrice, j'ai l'habitude des enfants.

— Que feriez-vous face à un garçon de six ans qui peint sur les murs ?

— Je lui parlerais.

— Il refuse d'écouter ce qu'on lui dit. Il ne répond même pas quand on lui parle. Son frère, lui, se cramponne à moi dès qu'il me voit et il ne me lâche plus.

Quant à la plus jeune, elle a le regard perdu dans le vague en permanence.

Sergios soupira.

— Mais pourquoi est-ce que je vous raconte tout ça ?

De toute évidence, il était sincèrement préoccupé par ces enfants, nota Bee, surprise.

Un coup bref fut frappé à la porte, puis celle-ci s'ouvrit dans son dos et quelqu'un parla à Sergios dans une langue qu'elle supposa être du grec. Il répondit brièvement puis reporta son attention sur elle.

— Je vais réfléchir à votre proposition, déclara-t-il à sa grande stupéfaction. Mais je préfère vous prévenir, je suis extrêmement exigeant.

Quelques minutes plus tard, Bee quittait l'immeuble de SD Navigation, abasourdie. Sergios Demonides allait réfléchir à sa proposition ? Mais peut-être n'était-ce qu'un mensonge poli. Cependant, quelque chose lui disait qu'il n'était pas du genre à faire des promesses en l'air… et encore moins à mentir par politesse ! Il n'excluait pas de l'épouser ? C'était insensé ! Elle avait toujours été persuadée que sa démarche n'avait aucune chance d'aboutir.

Pas un seul instant elle n'avait envisagé sérieusement d'épouser Sergios Demonides…

2.

Quatre jours plus tard, alors qu'elle sortait de l'école où elle travaillait, un homme en costume sombre de carrure impressionnante s'approcha de Bee.

— Mademoiselle Blake ? M. Demonides aimerait vous inviter chez lui, déclara-t-il en indiquant une limousine noire garée un peu plus loin.

Bee resta un instant sans voix. Comment Sergios Demonides savait-il où elle travaillait ? Et à quoi jouait-il ? Mais après tout pourquoi refuser ? Pourquoi attendre le bus quand on vient vous chercher en limousine ? Le milliardaire était-il venu lui annoncer en personne qu'il refusait sa proposition ? Pourquoi prendre cette peine ? Un homme aussi puissant ne devait pas avoir l'habitude de se déranger pour si peu…

La foule amassée devant l'école s'écarta pour les laisser passer, son imposant compagnon et elle, tandis qu'ils se dirigeaient vers le véhicule aux vitres teintées. Tout le monde la regardait avec une curiosité non dissimulée, constata-t-elle, les joues en feu.

Sergios était assis sur la banquette arrière, un ordinateur portable sur les genoux.

— Bonjour, Beatriz.

A peine installée à côté de lui, elle fut assaillie par un trouble inhabituel. Il émanait de cet homme une virilité à couper le souffle. Il sentait la testostérone, aurait plaisanté une de ses amies de l'université... Parcourue d'un long frisson, elle sentit les pointes de ses seins se hérisser sous son soutien-gorge. Que lui arrivait-il ? C'était la première fois que la proximité d'un homme déclenchait en elle des réactions aussi intenses.

Elle l'observa à la dérobée. La barbe naissante qui accentuait son charme irrésistible contrastait avec sa tenue impeccable. C'était le seul signe indiquant qu'au lieu de commencer sa journée de travail était sur le point de se terminer. En comparaison, elle devait avoir une allure épouvantable avec ses cheveux ébouriffés par le vent et ses vêtements confortables et informes... Mais pourquoi en était-elle aussi embarrassée ? se demanda-t-elle avec agacement. D'ordinaire, l'élégance était le cadet de ses soucis !

Tandis que la limousine démarrait, Sergios ferma son portable et se tourna vers Bee. Décidément, il n'avait jamais vu une femme aussi mal habillée... Cependant, elle avait un teint éclatant, des yeux superbes et une chevelure somptueuse. N'importe quelle autre femme ferait un minimum d'efforts pour mettre ces atouts en valeur. Pourquoi n'en prenait-elle pas la peine ?

— Qu'est-ce qui me vaut l'honneur ? demanda-t-elle d'une voix mal assurée en regardant Sergios ranger son portable.

Jamais elle n'avait vu des mains aussi belles...

— Je pars pour New-York ce soir et j'aimerais vous présenter mes enfants avant mon départ.

Elle ouvrit de grands yeux.

— Vraiment ? Mais... pour quelle raison ?

Sergios esquissa un sourire.

— A votre avis ? Parce que je songe à vous pour le « poste », bien sûr.

— C'est impossible !

Devant la mine à la fois ahurie et consternée de Bee, Sergios faillit éclater de rire. Cette femme était d'une spontanéité rafraîchissante.

— Pas du tout. Votre père a été bien inspiré de vous envoyer à moi.

— Je ne comprends pas… Un homme comme vous doit avoir l'embarras du choix.

— Ne vous sous-estimez pas, répliqua Sergios.

Les résultats de l'enquête qu'il avait fait faire sur Beatriz Blake depuis leur entretien — beaucoup plus approfondie que celle qui avait été effectuée sur sa sœur Zara — étaient extrêmement favorables.

— D'après mes renseignements, vous vous occupez de votre mère avec beaucoup de dévouement et vous montrez autant d'enthousiasme que de compétence dans l'exercice de votre métier. Je pense que vous pouvez apporter à ces enfants tout ce dont ils ont besoin…

— Comment avez-vous obtenu ces informations ? s'exclama Bee, indignée.

— Il existe des agences spécialisées dans ce genre d'enquête, expliqua Sergios avec le plus grand calme. Il était naturel que je cherche à en savoir davantage à votre sujet. Et je dois reconnaître que j'ai été très impressionné par tout ce que j'ai appris.

« Mais je n'ai jamais songé sérieusement à vous épouser ! » faillit protester Bee. Elle se ravisa juste à temps. La menace de son père était toujours valable. Le bien-être de sa mère dépendait entièrement de sa situation financière… Elle déglutit péniblement. Malheureusement, elle n'était pas libre de choisir son avenir. Si contre toute attente Sergios Demonides décidait de l'épouser, elle ne pourrait pas se permettre de refuser.

— Je dois vous prévenir que je n'ai jamais eu affaire à des enfants perturbés à la suite d'un choc émotionnel.

Je n'ai d'ailleurs jamais élevé d'enfants et je ne sais pas faire de miracles.

— Ne croyant pas aux miracles, je n'en attends pas.

Sergios darda un regard narquois sur Bee.

— Vous aurez également d'autres conditions à remplir pour satisfaire à mes exigences.

Elle resta silencieuse. Nul doute que celles-ci étaient nombreuses et démesurées… Sergios Demonides ne devait pas être du genre à se contenter d'à peu près. Elle prit son portable dans son sac et appela sa mère pour la prévenir qu'elle rentrerait plus tard que prévu. Lorsqu'elle raccrocha, la limousine s'était déjà engagée dans une allée bordée de bouleaux, qui commençaient à peine à se couvrir de feuilles. Elle s'immobilisa devant un hôtel particulier.

— Mon pied-à-terre londonien, indiqua Sergios. Un de vos devoirs d'épouse serait de veiller à ce que mes différentes demeures soient correctement tenues.

Ses « devoirs d'épouse » ? Bee réprima une moue affligée.

— Je ne suis pas certaine d'avoir envie de vivre au XIXe siècle.

Sergios lui lança un regard interloqué.

— C'est une plaisanterie ?

— Non. Il y a quelque chose de très victorien dans l'expression « vos devoirs d'épouse ».

— C'est vous qui avez parlé la première de ce rôle comme d'un emploi. Je dois dire que c'est un point de vue qui me convient parfaitement.

L'estomac de Bee se noua. Le problème c'était qu'elle était ravie de son emploi actuel… Comment avait-elle pu accéder à la demande de son père sans penser un seul instant aux conséquences éventuelles en cas de succès ?

Un majordome les accueillit dans le vaste hall de

la maison. Sergios lui donna des instructions avant d'entraîner Bee dans un salon immense.

— Vous semblez déconcertée, Beatriz. Pourquoi ? Ce n'est pas un mariage traditionnel que je recherche. Je ne veux ni sentiments ni contraintes. Il se trouve simplement que d'un point de vue pratique une épouse me serait très utile.

— J'avoue que je suis un peu prise au dépourvu. Je ne m'attendais pas à ce que vous donniez suite à ma proposition. J'ai également un peu de mal à voir ce que je gagnerais à ce mariage. A part le fait que vous achèteriez les hôtels de mon père et que ma mère resterait à l'abri du besoin, bien sûr.

— Si je vous épousais, c'est moi qui prendrais votre mère en charge. Définitivement, précisa Sergios d'un ton ferme. Même si nous devions nous séparer un jour, vous n'auriez plus jamais à vous inquiéter pour son bien-être. Elle ne dépendrait plus de votre père. Je veillerais personnellement à ce qu'elle ne manque jamais de rien et en particulier à ce qu'elle bénéficie de tous les traitements susceptibles de la soulager.

Bee eut l'impression que tous les nuages menaçants qui obscurcissaient son horizon laissaient soudain place à un ciel serein. Elle pensa aussitôt à tous les soins coûteux qui pourraient améliorer la qualité de vie de sa mère. Des séances de kinésithérapie permettraient sans doute de fortifier ses membres atrophiés. Et peut-être existait-il des moyens d'atténuer ses problèmes respiratoires… En tout cas, Sergios était suffisamment riche pour lui offrir une vie beaucoup plus confortable. Et curieusement elle ne doutait pas un seul instant de sa sincérité.

Une jeune femme entra dans la pièce avec une petite

fille dans les bras et suivie de deux jeunes garçons qui traînaient les pieds.

— Merci. Laissez-nous les enfants, ordonna Sergios.

A peine assise sur le tapis, la petite fille âgée d'environ dix-huit mois se mit à hurler, les joues ruisselantes de larmes. Un des garçons, qui devait avoir trois ans, agrippa Sergios par une jambe de pantalon, tandis que le plus âgé restait à l'écart, silencieux.

— Tout va bien, ma chérie.

Bee se pencha pour prendre la petite fille, qui s'arrêta aussitôt de crier et la fixa de ses grands yeux bleus au regard anxieux.

— Comment s'appelle-t-elle ?

— Eleni… Et voici Milo, ajouta Sergios en faisant lâcher prise non sans peine au petit garçon et en le poussant vers Bee.

— Et tu dois être Paris, dit-elle à l'autre garçon, tout en ébouriffant les cheveux de Milo. Ma sœur Zara m'a dit que tu avais eu une bicyclette pour ton anniversaire.

Paris ne répondit pas mais il s'approcha de Bee, tandis qu'elle s'installait sur le canapé avec la petite fille sur les genoux. Milo grimpa à côté d'elle et se cramponna à son bras.

— Paris, sois poli, s'il te plaît, intervint Sergios.

Le regard fuyant, Paris tendit la main à Bee. Elle l'invita à s'asseoir à côté d'elle et lui expliqua qu'elle était institutrice. Quand elle lui demanda à quelle école il allait, il baissa la tête sans répondre.

Des trois enfants, Milo semblait le moins perturbé. Débordant d'énergie comme tout enfant de son âge, il avait simplement besoin d'attention et envie de s'amuser. Paris restait sur ses gardes, tandis que la petite fille était d'un calme inquiétant.

Au bout d'une demi-heure, l'opinion de Sergios était

faite. Beatriz Blake était la femme dont les enfants de son cousin avaient besoin. Son attitude chaleureuse et son énergie exerçaient sur eux une attraction manifeste. Elle était parfaitement à l'aise, contrairement à sa sœur, très nerveuse, qui avait voulu trop bien faire le jour où il les lui avait présentés. Le calme de Beatriz renforçait au contraire l'autorité bienveillante qui émanait d'elle. Sergios rappela la nurse pour qu'elle reprenne les enfants.

— Vous avez parlé de conditions…

Etait-elle vraiment en train de discuter de son éventuel mariage avec le milliardaire grec ? se demanda Bee, un peu étourdie. Cette idée était si extravagante qu'elle n'arrivait pas à y croire…

— Oui, répliqua Sergios, debout devant la fenêtre. J'ai une maîtresse. Melita. Ce n'est pas négociable. Il m'arrive également d'avoir d'autres aventures. Je suis très discret. Il n'est pas question que ma vie privée fasse les gros titres.

Le souffle coupé par sa franchise, Bee resta sans voix. Il avait une maîtresse appelée Melita ? Etait-ce un prénom grec ? Mais quelle importance ? De toute évidence, Sergios Demonides n'était pas l'homme d'une seule femme… L'imagination de Bee s'enflamma. Au comble de l'embarras, elle baissa les yeux en s'efforçant de chasser de son esprit l'image de Sergios Demonides nu entre des draps froissés avec une blonde hyper-sexy.

— Je n'envisage pas de partager mon lit avec vous, poursuivit-il sur le même ton neutre. Toutefois, si vous souhaitez avoir un enfant, il serait égoïste de ma part de vous refuser ce droit.

Les yeux rivés sur ses pieds, Bee tentait de mettre de l'ordre dans les pensées qui tourbillonnaient dans son esprit. Il n'envisageait pas de partager son lit avec elle… C'était une bonne nouvelle, non ?

— Si je comprends bien, je pourrai prendre un amant du moment que je reste discrète ? demanda-t-elle, les joues en feu.

Elle n'avait aucune raison d'être embarrassée, se morigéna-t-elle. C'était une question parfaitement légitime !

Les yeux de Sergios lancèrent des étincelles.

— Bien sûr que non !

— Je ne comprends pas comment vous pouvez croire un seul instant qu'un tel mariage a des chances de fonctionner. Vous ne pouvez pas exiger d'une femme de mon âge qu'elle renonce à avoir une vie sexuelle, insista Bee, décidée à surmonter sa gêne coûte que coûte.

Formulée ainsi, l'objection pouvait paraître justifiée, reconnut Sergios intérieurement. Mais comment accepter que son épouse le trompe ? Non. Impossible.

— Désolé, mais je n'admettrai pas que mon épouse soit infidèle.

— Bien sûr… En vertu de cette morale hypocrite qui veut qu'on ait deux poids deux mesures, lança Bee, amusée malgré elle par ce machisme d'un autre âge.

La femme n'avait pas les mêmes droits que l'homme… Mais le plus ironique n'était-il pas d'avoir une telle discussion avec ce grand séducteur ? S'il savait qu'elle était encore vierge à vingt-quatre ans…

Les yeux noirs de Sergios lancèrent des étincelles.

— Je n'admettrai pas non plus qu'elle me parle sur ce ton.

— Combien de temps serait censé durer ce mariage ?

— Jusqu'à ce que les enfants soient adultes.

— Ce qui reviendrait à sacrifier ma jeunesse, déclara Bee d'un ton faussement désinvolte.

Le temps que ces enfants deviennent indépendants, sa jeunesse serait même envolée depuis longtemps…

Sergios l'étudiait attentivement en se remémorant les

courbes voluptueuses mises en valeur par la robe de soirée qu'elle portait lors de leur première rencontre. A son grand dam, une bouffée de désir l'assaillit.

— Il n'y a qu'une seule solution à ce problème, décréta-t-il en masquant son trouble avec agacement. Si vous voulez un homme dans votre lit, ce sera moi. Personne d'autre.

Bee sentit son visage s'enflammer jusqu'à la racine des cheveux.

— Je n'ai pas vraiment envie de poursuivre cette discussion, mais je dois vous prévenir que s'il y a d'autres femmes dans votre vie il est hors de question que je partage votre lit, répliqua-t-elle en détournant le regard.

— Cessons de perdre du temps avec ces absurdités. Nous sommes adultes et nous résoudrons ces problèmes le moment venu, décréta Sergios d'un ton impatient. Vous devrez signer un contrat de mariage.

— Quelles autres conditions comptez-vous m'imposer ?

— Rien qui doive vous préoccuper. Nos avocats se chargeront des contrats. S'il y a des clauses qui vous paraissent contestables, vous verrez ça avec eux. A présent, si vous voulez bien m'excuser, je vais vous faire reconduire chez vous. J'ai du travail à finir avant de partir pour New York.

Elle qui s'imaginait qu'il l'inviterait peut-être à dîner… Bee lissa son imperméable et se leva.

— J'ai moi aussi une condition à poser. Si nous nous marions, vous devrez vous engager à être courtois, respectueux et attentionné en toute circonstance.

Sergios se figea. Suggérait-elle qu'il manquait de savoir-vivre ? Et si c'était le cas, pourquoi en était-il aussi contrarié ?

— C'est beaucoup demander, répliqua-t-il avec le plus grand sérieux. Je suis égoïste, coléreux et souvent cassant. J'attends de mon personnel qu'il s'adapte à ma façon d'être.

— Si j'accepte de devenir une épouse fidèle et dévouée, je pourrai difficilement être considérée comme un membre du personnel, fit valoir Bee en soutenant son regard. Vous devrez en tenir compte et faire des efforts.

Il serait désastreux de laisser croire à ce monstre de machisme et d'arrogance qu'elle était prête à tout accepter. Se résigner à ce mariage parce qu'elle n'avait pas le choix, soit. Mais se laisser piétiner, jamais !

Sergios ne put s'empêcher d'être impressionné. Il fallait reconnaître qu'elle ne manquait pas de cran…

— Votre argument est pertinent et j'en tiendrai compte. Question pratique, si nous parvenons à nous mettre d'accord sur le contrat, je veux que le mariage soit célébré le plus tôt possible, afin que vous puissiez emménager ici et prendre les enfants en charge.

— Je ne peux pas laisser ma mère toute seule ! s'exclama Bee avec consternation.

— Que vous ai-je dit ? Si nous nous marions, vous n'aurez plus jamais à vous inquiéter pour votre mère. Elle bénéficiera des meilleures conditions de vie possibles.

3.

Après cet entretien, la vie de Bee commença très rapidement à changer.

Le lendemain, en rentrant de l'école, elle trouva sa mère déstabilisée par un coup de téléphone de son ex-mari.

— Monty est très remonté. Il prétend que tu vas te marier. J'ai objecté qu'il n'y avait personne dans ta vie.

— Je ne te l'ai pas dit mais…

— Alors c'est vrai ? Il y a quelqu'un ! Mais tu ne sors que deux fois par semaine pour aller à tes cours de gymnastique !

Bee prit les mains de sa mère dans les siennes. Pas question de lui dire quoi que ce soit qui risquerait de la perturber. Pour préserver sa sérénité elle était prête à tout. Même à mentir.

— Excuse-moi pour ces cachotteries, maman. J'attendais d'être sûre de moi pour t'éviter une fausse joie. Mais justement je m'apprêtais à te l'annoncer.

Emilia enveloppa le visage enflammé de sa fille d'un regard ravi.

— Alors comme ça, quand tu sortais ce n'était pas pour suivre des cours… Comme je suis heureuse !

— Tu ne m'as pas dit pourquoi papa était remonté.

— Oh ! A propos d'une affaire en cours avec ton futur mari. Apparemment, elle n'a pas évolué comme il l'espérait. Mais que veut-il que tu y fasses ? Suis mon conseil, ne t'en mêle pas !

— Qu'a-t-il dit exactement ?

— A vrai dire, je n'ai pas très bien compris quel était le problème. Tu sais à quel point il s'énerve quand les choses n'évoluent pas dans le sens qui l'arrange… Mais parle-moi plutôt de ce Sergios ! N'est-ce pas cet homme que tu as rencontré à un dîner auquel t'avait invité ton père il y a quelques mois ?

— Oui, c'est lui.

De toute évidence, le mariage était en bonne voie, mais son père n'en tirerait pas le bénéfice escompté, comprit Bee. Il y avait donc une justice. Le maître chanteur n'était pas parvenu à ses fins…

— Dis-moi, c'est un véritable coup de foudre ! Tu es bien certaine que Sergios est l'homme qu'il te faut, au moins ?

Bee se remémora l'engagement pris par le milliardaire. Plus jamais le bien-être de sa mère ne dépendrait de son père. Même si elle ne parvenait pas à envisager l'avenir sans une certaine appréhension, elle faisait confiance à Sergios sur ce point. Il tiendrait parole.

— Oui, maman. Certaine.

Sergios appela Bee dans la soirée pour l'informer qu'une de ses assistantes se mettrait en rapport avec elle pour l'organisation du mariage. Il lui suggéra également de présenter sa démission sans attendre.

Pourquoi était-il aussi pressé, tout à coup ? se demanda-t-elle avec perplexité. Avec Zara, il était prêt à attendre plusieurs mois avant de se marier…

Dans la foulée, il lui annonça qu'une fois mariée elle s'installerait en Grèce.

— Pourquoi, puisque vous avez une maison ici.

— Je continuerai à venir régulièrement à Londres, mais la Grèce est mon pays. Et celui des enfants.

— Mais quand vous envisagiez d'épouser Zara…

— Pas de discussion. C'est de vous et moi qu'il s'agit à présent.

— Je ne veux pas laisser ma mère seule à Londres.

— Votre mère s'installera en Grèce elle aussi. Elle nous rejoindra un peu plus tard. J'ai déjà donné les instructions nécessaires pour l'aménagement de sa future maison. Avez-vous eu des nouvelles de votre père ?

Il avait déjà pris des dispositions pour que sa mère s'installe en Grèce ? Abasourdie, Bee secoua la tête. Cet homme lui donnait le vertige. Il avait des centaines de longueurs d'avance sur elle…

— Il a téléphoné à ma mère dans l'après-midi, répliqua-t-elle. Très contrarié, apparemment.

— C'est normal. Il n'a pas conclu l'accord qu'il espérait. Mais ça n'a rien à voir avec vous et je le lui ai dit en votre nom.

Bee se hérissa. De toute évidence, Sergios trouvait tout naturel de se faire son porte-parole, même si elle ne lui avait rien demandé… Si elle ne fixait pas rapidement des limites à son autoritarisme, il la manipulerait bientôt comme une marionnette !

— Vous lui avez parlé en mon nom ? répéta-t-elle d'un ton réprobateur.

— Vous êtes ma future épouse. J'ai juste prévenu votre père que je ne tolérerai pas qu'il vous manque de respect. Ni à votre mère, d'ailleurs.

L'irritation de Bee s'évanouit aussitôt et elle faillit pouffer. Elle imaginait bien la scène entre son père hors de lui et un Sergios Demonides glacial !

— Pourriez-vous emménager chez moi à Londres dès cette semaine ?

— Cette semaine ? répéta-t-elle, affolée.

— Oui. Je suis à l'étranger et j'aimerais que vous restiez auprès des enfants pendant mon absence. Ne vous inquiétez pas pour votre mère. J'ai déjà demandé à une société spécialisée de lui trouver une dame de compagnie qui s'installera chez elle jusqu'à son départ en Grèce.

Bee raccrocha en soupirant. Bien sûr, elle ne pouvait pas en vouloir à Sergios de souhaiter qu'elle commence à s'occuper des enfants le plus tôt possible. Cependant, elle avait la sensation très désagréable que sa vie lui échappait.

Emilia, à qui elle avait parlé des enfants, se montra très compréhensive.

— Désormais, tu dois penser d'abord à eux et à Sergios. Je suis déjà un fardeau assez lourd pour toi. Il ne faut pas que tu te compliques la vie encore davantage. Je me débrouillerai, ne t'inquiète pas.

Bee pressa l'épaule de sa mère.

— Tu n'as jamais été un fardeau pour moi, maman.

— Sergios estime qu'il doit avoir la première place et c'est normal. Je ne veux surtout pas semer la discorde entre vous.

Après avoir dressé la liste de tout ce qu'elle avait à faire, Bee rédigea sa lettre de démission afin de la remettre le lendemain, dernier jour du deuxième trimestre. Elle se rendit ensuite à son cours de gymnastique et s'efforça de se vider l'esprit.

Sa liste s'allongea encore le lendemain lorsqu'elle reçut la visite d'Annabel, l'assistante hyper efficace que Sergios avait chargée de l'organisation du mariage.

— Il faut que je consulte une styliste personnelle ? répéta-t-elle d'une voix blanche en consultant le programme chargé déjà établi pour elle.

Rendez-vous dans un prestigieux cabinet d'avocats pour la préparation du contrat de mariage, série complète de soins esthétiques dans un institut renommé, séance de shopping en compagnie d'une coach spécialisée dans le changement de look…

— C'est ridicule ! Je n'ai pas de temps à perdre chez l'esthéticienne ni dans les magasins !

— Ce sont les instructions de M. Demonides, répliqua Annabel d'un ton ferme.

Bee serra les dents. Elle verrait ça directement avec Sergios. Il s'imaginait peut-être qu'un changement de look était le rêve de toutes les femmes, mais pour sa part elle ressentait cette initiative comme un affront !

La dame de compagnie de sa mère arriva le soir même. Elle discuta avec elle et l'aida à s'installer avant de faire sa valise pour partir chez Sergios dès le lendemain matin.

A son arrivée, elle fut conduite dans sa chambre au premier étage. C'était en réalité une suite digne des plus grands palaces, luxueusement meublée et décorée. Il y avait même du papier à en-tête, posé sur un ravissant bureau ancien en noyer. Lorsqu'une domestique lui proposa de défaire sa valise, elle s'efforça de surmonter son embarras à l'idée de se faire servir et accepta avec un large sourire. Puis elle partit à la recherche des enfants.

Seule Eleni, la plus jeune, était à la maison. Paris était à l'école et Milo à la garderie, expliqua la nurse. Elles étaient trois jeunes filles en tout, qui se relayaient pour s'occuper des enfants, jour et nuit. Après s'être renseignée sur l'organisation de la vie quotidienne de ces derniers, Bee s'agenouilla sur le tapis pour jouer avec Eleni.

Lorsqu'elle se mettait tout près d'elle et la regardait dans les yeux, la petite fille réagissait bien, mais il semblait difficile de retenir son attention, constata-t-elle avec perplexité. Soudain, un courant d'air fit claquer la porte de la nursery. Elle tressaillit, mais à sa grande surprise Eleni resta impassible.

— Son audition a-t-elle été contrôlée ? demanda-t-elle à la nurse.

Arrivée depuis peu, la jeune fille ne sut pas répondre. Au cours des mois précédents, de nombreuses nurses s'étaient visiblement succédé auprès des enfants. Bee trouva le carnet de santé d'Eleni, mais le renseignement recherché n'y figurait pas.

Elle appela le cabinet médical et apprit que la petite fille avait manqué un contrôle quelques mois plus tôt. Après avoir pris un nouveau rendez-vous elle regagna la chambre, où la nurse avait entrepris de soumettre Eleni à quelques tests d'audition simples. De toute évidence, la petite fille avait des problèmes. Il n'était pas nécessaire d'être spécialiste pour s'en apercevoir.

Un peu plus tard, Milo rentra de la garderie. Très démonstratif avec tout le monde, il lui sauta au cou comme s'ils se connaissaient depuis toujours. Elle était en train de lui lire une histoire pour l'endormir quand Paris apparut sur le seuil de la chambre.

— Vous allez vous occuper de nous tous les jours ? demanda-t-il, les sourcils froncés.

— Oui. A partir d'aujourd'hui, je vais vivre ici. Sergios et moi nous nous marions dans quelques semaines, répondit-elle d'un ton qu'elle espérait naturel.

« Sergios et moi nous nous marions dans quelques semaines. » Etait-ce vraiment elle qui venait de prononcer cette phrase ? Elle avait toujours autant de mal à y croire !

Paris lui lança un regard hostile avant de gagner sa chambre, dont il referma soigneusement la porte pour bien montrer qu'il voulait être tranquille. Mieux valait respecter ce souhait jusqu'à ce qu'elle ait vu son institutrice, décida Bee en réprimant un soupir.

Quelle autre réaction pouvait-elle espérer ? Elle était une étrangère. Elle ne pouvait pas s'attendre à nouer du jour au lendemain des liens étroits avec des enfants qui avaient perdu leurs parents et quitté leur environnement familier quelques mois plus tôt. Pourvu que Sergios le comprenne…

Quarante-huit heures plus tard, Sergios revint à Londres. Rentrer chez lui en sachant qu'une femme s'y trouvait mais sans se demander avec inquiétude ce qui l'attendait était une expérience inédite…

Il gardait un souvenir cuisant de l'époque où il ne savait jamais à quoi s'attendre en rentrant de voyage. D'où un besoin viscéral de préserver son espace vital… Mais Beatriz ne comptait pas. Elle était là pour les enfants, pas pour lui. Elle apprendrait très vite à respecter sa tranquillité.

A sa grande contrariété, la gouvernante l'informa que sa future épouse était sortie. Il l'appela sur son portable et son irritation s'accrut quand il apprit qu'elle rentrait en bus.

— Je ne vous attendais pas si tôt… J'ai rendu visite à ma mère, répondit-elle, sur la défensive.

Quand elle arriva à l'hôtel particulier, Bee était essoufflée d'avoir pratiquement couru depuis l'arrêt de bus. Et outrée par le ton sec sur lequel Sergios lui avait parlé au téléphone. N'avait-elle donc pas le droit de sortir ? Etait-elle censée lui demander l'autorisation ?

Serrant les dents, elle franchit le seuil et ses pas résonnèrent dans le vaste hall au sol de marbre. Sergios apparut dans l'encadrement d'une porte. Aussitôt, sa colère fut balayée par un trouble intense, qui la fit vaciller sur ses jambes.

Vêtu d'un costume noir visiblement taillé sur mesure, il avait desserré le nœud de sa cravate et ouvert le col de sa chemise rayée. Ce mélange d'élégance et de désinvolture lui donnait un charme dévastateur, accentué par la barbe naissante qui recouvrait sa mâchoire. La gorge sèche, elle s'efforça d'ignorer les battements frénétiques de son cœur.

Sergios promena sur sa future épouse un regard scrutateur. Depuis ses cheveux ébouriffés jusqu'à son jean informe, elle avait une allure épouvantable… Il était urgent qu'elle passe entre les mains de professionnelles du changement de look !

— J'ai mis à votre disposition une voiture avec chauffeur, rappela-t-il d'un ton neutre.

— C'est un peu beaucoup pour une fille habituée à se déplacer en bus et métro.

— Vous n'êtes plus cette fille. Vous êtes ma future épouse. J'attends de vous que vous vous comportiez comme telle. Je suis un homme riche et vous n'êtes pas à l'abri d'un kidnapping. Vous devez vous habituer à prendre des précautions élémentaires.

Un kidnapping ? Alors qu'elle s'apprêtait à protester avec véhémence, Bee sentit son estomac se nouer. Déglutissant péniblement, elle se contenta de hocher la tête.

— A l'avenir, je m'en souviendrai.

Visiblement satisfait, Sergios s'effaça pour l'inviter à entrer dans la pièce.

— Il faut que je vous parle.

— Oui, il faut que *nous* parlions, acquiesça-t-elle avec un calme qu'elle était loin de ressentir.

En fait, elle n'avait qu'une envie. Courir se réfugier dans sa chambre jusqu'à ce que les réactions que cet homme déclenchait en elle disparaissent ! Elle devait être écarlate… Jamais elle n'avait été aussi troublée par un homme. La première fois, dans son bureau, elle avait cru que c'était dû à sa nervosité et au caractère humiliant de sa démarche.

Aujourd'hui, il fallait se rendre à l'évidence. Sergios Demonides avait un pouvoir de séduction redoutable. Peu de femmes devaient y être insensibles. Cependant, il n'y avait pas de quoi s'affoler, se dit-elle fermement en passant devant lui pour pénétrer dans un bureau au décor luxueux. Ses réactions étaient normales et finiraient par s'atténuer. Elle n'était pas réellement attirée par Sergios.

Il lui demanda des nouvelles des enfants et elle se détendit un peu. Elle lui expliqua que le test d'audition d'Eleni avait révélé des problèmes, sans doute dus à une otite séreuse selon le médecin. Elle devait être examinée par un spécialiste, en vue d'un traitement.

Elle évoqua ensuite la famille — deux parents et leurs trois enfants — que Paris avait dessinée sur le mur de sa chambre, et demanda à Sergios pourquoi il n'avait pas de photos de ses parents.

— J'ai pensé que ce serait moins pénible pour lui… que ça l'aiderait à tourner la page.

— Il éprouve visiblement le besoin de se plonger dans ses souvenirs. A mon avis, il ne faut pas l'en empêcher, plaida-t-elle.

A sa grande surprise, Sergios tint compte de son opinion.

— J'ai mis les affaires de mon cousin au garde-meuble. Je vais demander qu'on recherche des albums de photos.

— Les enfants ont besoin de temps pour retrouver un certain équilibre après le traumatisme qu'ils ont subi.

Le visage de Sergios s'assombrit.

— J'ai sans doute commis des erreurs. Je n'ai pas l'habitude des enfants. Je ne sais même pas comment il faut leur parler.

— Comme on parle à n'importe qui. Avec gentillesse et attention.

Une moue de dérision étira les lèvres de Sergios.

— Ce n'est pas mon style, Beatriz. Je suis plutôt du genre à aboyer des ordres.

— Appelez-moi Bee. C'est comme ça que tout le monde m'appelle.

— Beatriz est beaucoup plus joli.

— Si vous le dites…

— Vous n'êtes pas encore allée chez l'esthéticienne ?

Piquée au vif, Bee releva le menton et prit une profonde inspiration.

Le regard de Sergios fut irrésistiblement attiré par le gonflement de sa chemise, dont le tissu était tendu à craquer. Bon sang ! Comme il était tentant de faire sauter ces boutons d'un coup sec pour libérer ces deux globes somptueux… les prendre à pleines mains… Une flèche de désir le transperça. Allons bon, il y avait trop longtemps qu'il n'avait pas satisfait sa libido… Il allait falloir y remédier rapidement. Il ne voulait pas avoir ce genre de tentation avec sa future épouse.

Probablement inconsciente de l'effet qu'elle lui faisait, Bee déclara d'un ton crispé :

— Je ne veux pas changer de look. Je suis heureuse comme ça. C'est à prendre ou à laisser.

— Vous devez bien vous rendre compte que votre apparence laisse à désirer. Vous ne faites aucun effort.

— Je n'ai pas l'intention de changer pour me conformer à une norme sexiste complètement dépassée.

Sergios poussa un soupir exaspéré.

— Laissez le féminisme en dehors de ça. Quel est votre problème ?

— Je n'ai aucun problème. Je me trouve très bien comme je suis.

— Pas moi. Vos nouvelles fonctions exigent que vous soyez plus élégante.

— Cette demande est un abus de pouvoir. J'ai déjà quitté ma maison, mon travail… Mon look ne regarde que moi.

Les yeux de Sergios lancèrent des étincelles.

— Pas si vous avez l'intention de m'épouser.

— C'est ridicule !

— C'est votre obstination qui est ridicule. Il est normal pour une femme de prendre soin de son apparence. Que vous est-il arrivé pour que vous vous en désintéressiez à ce point ?

Dans le silence tendu qui suivit cette question, Bee fit un effort surhumain pour masquer son désarroi. Il ne fallait surtout pas que Sergios puisse se douter qu'il avait touché un point sensible… A une époque, elle était extrêmement coquette. Mais c'était un moment de sa vie qu'elle préférait oublier.

— Cela ne vous regarde pas, répliqua-t-elle d'une voix qu'elle espérait assurée.

— Le changement de look n'est pas négociable. Vous serez amenée à apparaître de temps en temps à mon côté en public. Et de toute façon il est hors de question que vous continuiez à vous promener dans cet état.

— Comment osez-vous me parler comme ça ?

— Je suis tout simplement honnête avec vous. Venez par ici.

Sergios prit Bee par le coude et l'entraîna vers un miroir.

— Dites-moi ce que vous voyez.

Confrontée à l'image de ses cheveux en bataille, de sa chemise usée et de son jean informe, Bee dut se retenir pour ne pas le gifler.

— Je me moque de ce vous pensez et de ce que vous voulez ! Je ne changerai pas de look, un point c'est tout !

— Pas de changement de look, pas de mariage. Ça fait partie de vos attributions et je ne transigerai pas là-dessus.

Tremblante de colère et d'humiliation, elle rétorqua d'un ton vif :

— Alors il n'y aura pas de mariage ! Parce qu'il faut mettre les choses au clair…

— Vraiment ? coupa-t-il en arquant un sourcil narquois.

— Il est hors de question que vous régentiez ma vie ! Je n'accepterai pas que vous me disiez comment je dois me coiffer et m'habiller. Je ne supporterai pas votre autoritarisme.

De nouveau fasciné malgré lui, Sergios s'efforça de détacher son regard de la poitrine de Bee, qui se soulevait sous l'effet de sa respiration hachée. Ses yeux émeraude brillaient d'un éclat inhabituel, constata-t-il. En fait, la colère lui allait bien. Très bien, même. Elle n'avait jamais été aussi séduisante… Cependant, il ne tolérerait pas qu'elle le défie.

— C'est votre choix, Beatriz. Si j'envisage de renoncer à ce mariage, c'est parce que vous vous conduisez de manière irrationnelle.

Elle suffoqua d'indignation.

— Irrationnelle ? Expliquez-moi ça !

Le visage dur, Sergios ouvrit la porte.

— Cette discussion est terminée.

Bee quitta la pièce hors d'elle et monta l'escalier quatre à quatre. Quel homme odieux ! Jamais personne ne l'avait mise dans une telle rage ! De quel droit la critiquait-il ? Dire qu'il avait osé lui demander ce qui lui était arrivé pour qu'elle se désintéresse de son apparence ! Comment pouvait-il être aussi perspicace ? Comment avait-il pu deviner qu'elle avait subi un traumatisme ?

Le cœur de Bee se serra. Quelques années plus tôt, l'homme dont elle était éperdument amoureuse l'avait laissée tomber pour une petite blonde évaporée. Jon, dont elle se croyait aimée, n'aurait pas pu choisir une femme plus différente d'elle…

La déception avait été si cruelle qu'elle ne s'en était toujours pas remise. A quoi bon passer chaque jour des heures à se coiffer, à se maquiller et à choisir la tenue la plus flatteuse ? Jamais elle ne se pardonnerait d'avoir été assez stupide pour suivre aveuglément la règle qui imposait aux femmes de se faire belles pour plaire aux hommes ! Tout le mal qu'elle s'était donné ne l'avait pas empêchée de perdre Jon. Depuis, elle refusait de faire le moindre effort.

Et de toute façon pourquoi se mettrait-elle en frais pour Sergios Demonides ? Il était comme les autres et ne valait pas mieux que son père ou Jon. Il avait peut-être loué son dévouement envers sa mère et ses compétences professionnelles, mais ces qualités ne l'empêchaient pas de la juger sur son apparence. Il était prêt à la laisser tomber parce qu'elle ne répondait pas à ses exigences en matière d'élégance. Et alors ? Elle s'en moquait éperdument !

Peut-être, mais c'était sa mère qui allait en pâtir, se rappela-t-elle soudain avec consternation. Si elle n'épousait pas Sergios Demonides, Emilia perdrait sa maison. Furieux de ne pas avoir vendu ses hôtels au prix escompté, son père ne lui ferait aucun cadeau. C'était le genre d'homme à rejeter sur les autres la responsabilité de ses échecs. Il n'hésiterait pas à se venger sur elle et sa mère.

Par ailleurs, si le mariage était annulé, Paris, Milo et Eleni seraient une fois de plus abandonnés à leur sort. Depuis son arrivée dans la maison, elle faisait tout pour gagner leur confiance. Elle leur avait annoncé qu'elle allait se marier avec Sergios et qu'elle vivrait avec eux.

Paris était resté de marbre, mais c'était sans aucun doute parce qu'il attendait qu'elle fasse ses preuves. Il ne voulait pas prendre le risque de lui faire confiance sans avoir la certitude qu'elle le méritait. Comment l'en blâmer ? Après avoir rencontré ces enfants, Zara était sortie de leur vie aussi brusquement qu'elle y était entrée, parce qu'elle était tombée amoureuse d'un autre homme. Pouvait-elle vraiment se permettre de les traiter avec la même légèreté ?

Tout ça à cause d'un rendez-vous dans un institut de beauté et de quelques séances de shopping ? Ne serait-il pas terriblement égoïste de renoncer au mariage pour des motifs aussi dérisoires ? Bee déglutit péniblement. Si seulement Sergios n'était pas aussi perspicace… Quand il lui avait demandé ce qui lui était arrivé pour qu'elle néglige à ce point son apparence, elle avait cru défaillir.

Et quelle humiliation quand il l'avait obligée à se regarder dans le miroir ! Impossible de nier qu'elle avait besoin d'une coupe de cheveux et d'une garde-robe dignes de ce nom. Comment avait-elle pu s'imaginer qu'un homme aussi distingué accepterait d'épouser une femme aussi mal fagotée ?

Elle se recoiffa rapidement, puis descendit l'escalier beaucoup plus calmement qu'elle ne l'avait monté. Le visage fermé, elle s'immobilisa devant la porte du bureau, leva la main, puis se ravisa et entra sans frapper. Assis devant son ordinateur portable, Sergios leva la tête et darda sur elle un regard hostile.

— C'est d'accord… pour le changement de look, annonça-t-elle d'un ton posé dont elle se félicita.

— Qu'est-ce qui vous a fait changer d'avis ? demanda Sergios, impassible.

— L'avenir de ma mère et celui des enfants. Je ne peux pas fuir mes responsabilités.

Il eut une moue cynique.

— Des tas de gens le font tous les jours.

— Pas moi.

Sergios se leva.

— Ne vous rebellez pas contre moi, dit-il d'une voix étrangement rauque. Je n'aime pas ça.

— Peut-être, mais contrairement à ce que vous pensez vous n'avez pas toujours raison.

— Il y a des manières plus subtiles de le signifier.

— Je ne suis pas certaine d'être douée pour la subtilité.

— Vous apprendrez. Je ne serai pas facile à vivre.

Sergios offrit à boire à Bee. Elle accepta et resta debout devant son bureau, mal à l'aise, avec dans les mains un verre dont elle n'avait pas vraiment envie.

Tout en goûtant le vin — de toute évidence un grand cru — elle s'interrogea pour la première fois sur la maîtresse de Sergios. Etait-il différent avec Melita ? Etait-elle blonde ou brune ? Depuis combien de temps durait leur liaison ? Où vivait-elle ? La voyait-il souvent ?

Embarrassée par le flot de questions qui surgissaient dans son esprit, elle sentit ses joues s'enflammer. Que lui prenait-il ? Pourquoi cette curiosité subite ? Ses relations avec sa maîtresse ne la regardaient pas. Elle ne serait pas vraiment son épouse.

— Buvons à notre mariage, proposa-t-il.

— Et à une meilleure compréhension mutuelle ?

— Nous n'avons pas besoin de nous comprendre. Nous ne passerons pas beaucoup de temps ensemble. Au bout d'un moment, nous ne serons même plus obligés de cohabiter…

S'efforçant d'ignorer le pincement au cœur provoqué par cette affirmation, elle finit son verre et le posa sur le bureau.

— Bonsoir, donc.

Elle remonta à l'étage d'un pas lourd. Pourquoi se sentait-elle soudain plus seule qu'elle ne l'avait jamais été ? Elle ne s'attendait pourtant pas à ce que Sergios lui offre sa compagnie et son soutien. Mais n'envisageait-il même pas de partager avec elle l'éducation des enfants ?

De toute évidence, pour lui les paramètres de leur relation étaient fixés une fois pour toutes.

Il ne l'aimait pas, il ne la désirait pas, et il n'avait besoin d'elle que pour s'occuper des enfants pendant qu'il vivrait sa vie.

Une fois mariée avec lui, elle serait bel et bien une employée comme une autre…

4.

Bee sortit de la cabine et monta sur le podium pour se contempler dans les miroirs du salon d'essayage. Même si elle n'en avait aucune envie, il fallait reconnaître que Sergios ne pouvait pas mieux choisir.

Quand il lui avait annoncé par téléphone qu'il lui avait acheté sa robe de mariée, elle avait protesté avec véhémence.

— Qu'est-ce qui t'a pris ? Toutes les femmes veulent faire ce choix elles-mêmes !

— J'ai assisté à un défilé de mode à Milan. Quand le mannequin est arrivé sur le podium j'ai su tout de suite que c'était *ta* robe, avait-il répliqué avec une assurance horripilante.

Qui avait-il accompagné au défilé ? Dieu merci, elle avait eu l'intelligence de ne pas lui poser la question. Mieux valait rester dans l'ignorance. Ce qu'elle ne savait pas ne risquait pas de la faire souffrir. Non qu'elle coure le moindre risque de souffrir... Elle n'était pas assez stupide pour devenir possessive avec un homme qui ne voulait pas partager son lit. Mais qui le lui avait malgré tout proposé... Parce que si l'abstinence lui pesait trop il préférait se sacrifier plutôt que de l'autoriser à avoir un amant !

Bee reporta son attention sur son reflet. Cette robe mettait en valeur sa poitrine généreuse tout en soulignant la finesse de sa taille. Elle l'aurait préférée un peu moins décolletée, mais il fallait reconnaître que son corsage cintré flattait sa silhouette. Apparemment, la réputation de Sergios n'était pas usurpée. Il aimait les femmes au point de s'intéresser à la mode et il avait un goût très sûr en la matière.

Comment nier qu'elle était métamorphosée par le changement de look qu'il lui avait imposé ? Allégée par une coupe en dégradé à hauteur des épaules, son épaisse crinière brune dégageait son visage embelli par le maquillage. Ses pommettes avaient retrouvé tout leur relief, et ses yeux émeraude n'avaient jamais eu autant d'éclat. Quant à ses lèvres, elles étaient pulpeuses à souhait.

Contre toute attente, elle ne s'était pas sentie embarrassée ni rabaissée par les multiples soins — nettoyage de peau, manucure, épilation, massages, enveloppements — qu'on lui avait prodigués. Non seulement elle s'était abandonnée avec plaisir aux mains expertes des esthéticiennes, mais elle était ressortie de l'institut régénérée et ravie de se sentir à son avantage.

Dans trente-six heures, elle se mariait… Bee prit une profonde inspiration. Cet après-midi, elle avait un dernier rendez-vous avec l'avocat pour la signature du contrat de mariage. Ce dernier lui avait été expliqué en détail lors de sa première visite au cabinet. Comme prévu, Sergios s'engageait à prendre sa mère en charge et à lui assurer un confort optimal pendant toute son existence, quelle que soit la durée de leur mariage. Pour sa part, elle avait demandé le rajout d'une clause lui garantissant le droit de voir régulièrement les enfants en cas de divorce. Elle avait bien l'intention de nouer des liens durables avec eux, quoi qu'il arrive.

Vêtue d'une élégante robe grise à rayures et d'une veste

légère, Bee quitta la maison de couture accompagnée d'un garde du corps et monta dans la limousine qui l'attendait devant la porte. Elle prenait l'habitude de vivre dans le luxe, songea-t-elle avec une pointe de culpabilité lorsqu'elle en redescendit quelques instants plus tard au pied de l'immeuble abritant le cabinet d'avocats. En seulement trois semaines, elle avait déjà oublié ce que c'était de marcher sous la pluie ou d'attendre le bus !

Alors qu'elle attendait à la réception, confortablement installée sur un canapé moelleux, la vue d'un visage familier la fit tressaillir. Jon Townsend ? Plus de trois ans s'étaient écoulés depuis leur dernière rencontre et voilà qu'au moment où elle s'y attendait le moins il se trouvait soudain à quelques mètres d'elle, en costume-cravate… Toujours mince et séduisant. Travaillait-il pour le cabinet ? Quand elle l'avait rencontré, il venait de terminer ses études de droit.

Jon tourna la tête et la reconnut quelques secondes avant que la réceptionniste l'invite à entrer dans le bureau de M. Smyth, l'avocat. Il s'avança vers elle, visiblement stupéfait.

— Bee ?

— Jon… Excuse-moi, j'ai un rendez-vous, répliqua-t-elle en se levant.

— Tu es superbe !

Assaillie malgré elle par des souvenirs douloureux, elle esquissa un sourire crispé.

— Merci. Tu travailles ici ?

— Oui, depuis l'année dernière. Je te verrai après ton rendez-vous. Nous discuterons.

Elle s'empressa de gagner le bureau de Halston Smyth. De quoi Jon pouvait-il avoir envie de lui parler ? Trois ans plus tôt il l'avait laissée tomber, et après leur rupture elle avait perdu de vue leurs amis communs. Ils n'avaient donc rien à se dire.

Aujourd'hui, il était marié, d'après ce qu'elle savait. Et il avait sans doute des enfants, même si trois ans plus tôt il n'était pas certain d'en vouloir. En fait, il n'était pas certain non plus d'être fait pour le mariage… Jusqu'à ce qu'il rencontre Jenna, la petite blonde évaporée pour qui il l'avait quittée. La fille d'un juge de la Haute Cour. Une relation très utile pour un jeune juriste aux dents longues, avait-elle pensé à l'époque.

M. Smyth relut de nouveau en détail chaque clause du contrat de mariage, en présence d'un autre avocat, plus jeune. Lors de sa première visite, Bee avait pris conscience qu'en tant que future épouse d'un milliardaire elle était considérée comme une cliente importante et avait droit à beaucoup d'égards. Dès qu'elle constata que la clause lui accordant le droit de voir les enfants en cas de divorce avait été ajoutée au contrat, elle se détendit. Elle signa le document, tout en se réjouissant des séances de kinésithérapie dont sa mère pourrait bientôt bénéficier.

M. Smyth en personne la raccompagna ensuite jusqu'à l'ascenseur. Juste avant que les portes se referment, Jon la rejoignit dans la cabine.

— Si nous prenions un verre ? Il y a un bar à vin au coin de la rue.

— Je ne suis pas sûre que nous ayons grand-chose à nous dire, objecta-t-elle avec perplexité.

— Cinq minutes. Avec ton garde du corps tu n'as rien à craindre, plaisanta-t-il avec un sourire familier.

— Connaissez-vous ce monsieur, mademoiselle Blake ? demanda Tom, le garde du corps, en promenant sur Jon un regard suspicieux.

Bee croisa le regard amusé de Jon et faillit pouffer.

— Oui, Tom, je le connais. D'accord, mais juste cinq minutes, ajouta-t-elle à l'adresse de Jon.

Son ex-petit ami était probablement poussé par la curiosité. Après tout, trois ans plus tôt, elle appartenait à un milieu plutôt modeste et se préparait à devenir institutrice. Son père était riche, mais il ne lui avait jamais donné d'argent de poche et elle ne le voyait qu'à l'occasion de rares repas de famille. Elle n'avait jamais fréquenté le même monde que Monty Blake.

Aujourd'hui, puisqu'il travaillait dans le cabinet d'avocats, Jon savait sans aucun doute qu'elle était sur le point d'épouser un des hommes les plus riches d'Europe. Il devait se demander comment elle en était arrivée là… Mais pas question de révéler la vérité à qui que ce soit, bien sûr. Bee réprima un sourire. De toute façon, personne ne voudrait la croire !

Au bar, le garde du corps s'assit à une table voisine de celle de Bee et de Jon et sortit son portable de sa poche, tandis que Jon commandait à boire. Autrefois son sourire affolait son cœur dans sa poitrine, se souvint Bee. Mais pas question de penser à ça…

— Jenna et moi nous avons divorcé il y a quelques mois, déclara-t-il soudain.

— Oh… Je suis désolée de l'apprendre, répliqua-t-elle, embarrassée.

Il haussa les épaules.

— Ce n'était qu'un engouement. Je n'aurais jamais dû te quitter. C'est une erreur que j'ai amèrement regrettée.

— Revenir sur le passé ne sert à rien.

— De toute façon, ce n'est pas pour ça que je t'ai invitée à boire un verre.

Jon sortit une brochure de sa poche et la tendit à Bee.

— Je te serais très reconnaissant si tu acceptais de

parrainer cette association. Elle fait un excellent travail et a besoin de soutien.

Bee s'efforça de masquer sa surprise. Le Jon d'autrefois était trop occupé à penser à sa carrière pour prendre le temps de récolter des fonds pour de bonnes causes… Mais il était visiblement devenu altruiste en mûrissant, constata-t-elle en parcourant la brochure. Il participait à la gestion d'une association d'aide aux enfants handicapés, semblable à celle dont elle s'occupait lorsqu'elle était étudiante.

— Je crains de ne pas pouvoir m'impliquer personnellement. Je dois m'installer en Grèce après le mariage.

— La simple caution morale de l'épouse de Sergios Demonides nous serait déjà très utile. Il te suffirait d'apparaître de temps à autre en public lors d'un gala, par exemple.

Soulagée que Jon évite de lui poser des questions sur Sergios et ne cherche pas à donner un tour plus personnel à la conversation, Bee lui dit qu'elle réfléchirait et prit congé quelques instants plus tard. Mais, au moment où elle se levait, il la saisit par la main et murmura :

— J'étais sincère tout à l'heure. J'ai commis une grave erreur, il y a trois ans. Je regrette encore de t'avoir perdue, Bee.

Elle s'empressa de retirer sa main.

— Il est un peu tard pour me dire ça, Jon.

— Je sais. Je te souhaite d'être heureuse avec Demonides.

Pourquoi avait-elle le sentiment que ces vœux de bonheur sonnaient faux ? se demanda-t-elle avec perplexité dans la limousine qui la ramenait chez Sergios.

Après avoir goûté avec les enfants, Bee aida Paris à faire ses devoirs, puis donna leur bain à Milo et à Eleni avant de les mettre au lit. Eleni devait être opérée des oreilles un mois plus tard. Selon les spécialistes, l'intervention était banale mais son efficacité n'était pas garantie.

Quant à Paris, Bee avait appris par son institutrice qu'il avait du mal à se faire des amis. Pour l'aider, elle avait invité à plusieurs reprises quelques-uns de ses camarades à venir jouer après les cours. Il s'adaptait peu à peu à sa nouvelle existence et se montrait moins méfiant vis-à-vis d'elle.

Au moment où Bee allait se coucher, Sergios, absent depuis deux semaines, l'appela de Tokyo.

— Qui est l'homme avec qui tu as pris un verre ?

Elle se hérissa.

— Si je comprends bien, Tom est surtout chargé de m'espionner, c'est ça ?

— Beatriz…

— C'est juste un vieil ami que je n'avais pas vu depuis l'université.

Inutile d'entrer dans les détails, décida-t-elle après une hésitation.

— Etant donné que tu vas devenir ma femme, des tas de vieux amis vont surgir de nulle part, lâcha Sergios avec cynisme.

— Tu exagères. Il voudrait que je parraine une association d'aide aux enfants handicapés. On peut difficilement le lui reprocher.

— C'est pour être plus convaincant qu'il te tenait par la main ?

— Il n'y a pas de quoi en faire une histoire !

— Dans les endroits publics, je te serais reconnaissant d'être discrète.

— Il faut toujours que tu aies le dernier mot, n'est-ce pas ?

— Oui, parce que j'ai toujours raison, *latria mou*.

Cette nuit-là, dans son lit, Bee joua au jeu des « et si ? » avec Jon en vedette. Elle était humaine, après tout. Comment ne pas se demander ce qui se serait passé si sa rencontre avec son séduisant ex avait eu lieu avant qu'elle soit sur le point d'épouser un autre homme. Rien, sans doute… Sans Sergios, elle n'aurait jamais changé de look et Jon n'aurait pas été impressionné le moins du monde.

De toute façon, Sergios était plus séduisant que Jon et il avait beaucoup plus de personnalité… Bee tressaillit. Que lui arrivait-il ? D'où sortait cette pensée ? Sergios était un homme séduisant, bien sûr. Impossible de dire le contraire. Mais elle n'avait aucune raison de le comparer à Jon ! Elle ferait mieux de dormir au lieu de perdre son temps à faire des suppositions idiotes.

— C'est une robe incroyablement romantique, déclara Tawny en étudiant sa demi-sœur d'un air intrigué. Et un choix plein de délicatesse pour un homme qui s'apprête à faire un mariage de convenance…

A son grand dam, Bee sentit ses joues s'enflammer. Pourquoi Zara avait-elle éprouvé le besoin d'expliquer à leur sœur la vraie nature de ce mariage ? Tawny trouvait aberrant qu'elle épouse un homme qu'elle n'aimait pas et elle ne le cachait pas. Zara, elle, n'avait pas pu faire le déplacement à cause de sa grossesse…

— Il faut reconnaître que les enfants sont très mignons, poursuivit Tawny. Quant à Sergios, il est hyper-sexy. Mais ce n'est pas le genre d'homme qu'il te faut. Tu es beaucoup trop sage.

— Qu'en sais-tu ? plaisanta Bee en prenant son bouquet.

— Si j'étais soupçonneuse, je penserais que tu te

sacrifies pour ta mère, insista Tawny. Tu ferais n'importe quoi pour elle. Remarque, je te comprends. Elle est adorable.

— N'est-ce pas ? Et elle est très heureuse pour moi. Alors s'il te plaît, ne gâche pas sa joie en lui mettant des sottises dans la tête…

— Des sottises ? Plutôt la vérité, marmonna Tawny. Promets-moi au moins de divorcer s'il est invivable.

Bee leva les yeux au ciel.

— Je te le promets !

Elle quitta sa chambre de jeune fille à pas prudents sur ses talons aiguilles. Sa mère lui avait demandé de passer sa dernière nuit de célibataire chez elle et elle avait accepté avec joie.

— Tu dis ça mais je te connais. Tu n'auras pas le cœur de laisser tomber ces bambins, rétorqua Tawny en soupirant. Et je parie que ton mari le comprendra très vite et qu'il n'hésitera pas à en profiter.

Non, elle ne se laisserait pas marcher sur les pieds, se promit Bee quelques instants plus tard quand son père lui tendit le bras à l'entrée de l'église. Sergios était autoritaire mais elle lui tiendrait tête. Elle n'avait pas l'intention de se laisser piétiner comme son père. Dire que malgré son humiliation Monty Blake n'avait pas osé refuser de jouer son rôle à leur mariage !

Le visage impénétrable malgré son impatience, Sergios se retourna pour regarder sa future épouse s'avancer vers lui au bras de son père. Beatriz s'était fait couper les cheveux ! Qui avait eu cette idée stupide ? Mais il fallait reconnaître que ça ne l'empêchait pas d'être superbe…

Son regard s'attarda sur les lèvres pulpeuses de la jeune femme avant de descendre lentement vers son décolleté. Les hommes auraient-ils tendance à devenir amateurs de poitrines opulentes à partir d'un certain âge ? Pourtant, il n'avait que trente-deux ans… En tout cas, ces deux globes crémeux et rebondis étaient fascinants, et l'échancrure du corsage de dentelle les mettait admirablement en valeur. Il ne s'était pas trompé sur le choix de la robe. Dire que le mannequin qui l'avait présentée à Milan n'avait rien à montrer ! Si Beatriz avait été à sa place, elle aurait été le clou du spectacle… Sergios plissa le front. Pourquoi cette idée lui déplaisait-elle ?

Pourquoi Sergios la considérait-il d'un air aussi réprobateur ? Bee releva le menton. Pas question de se laisser intimider. Le regard étincelant des yeux noirs croisa le sien et son cœur s'affola dans sa poitrine. Elle dut faire appel à toute sa volonté pour masquer son trouble et continuer à avancer sans trébucher.

Le pasteur, qui appréciait manifestement les longs discours, parlait depuis un certain temps déjà lorsque Sergios lui intima à mi-voix « d'accélérer le mouvement ». Bee rougit jusqu'à la racine des cheveux. Comment osait-il faire preuve d'une telle incorrection ? Il glissa l'alliance à son doigt avec une brusquerie qui acheva de l'indigner. Elle se frotta ostensiblement le doigt, feignant d'avoir mal.

— Tu as été très grossier avec le pasteur, murmura-t-elle d'un ton réprobateur tandis qu'ils se dirigeaient vers la sortie.

— Pardon ?

— Tu m'as très bien entendue. Il y a des circonstances dans lesquelles la politesse exige une certaine patience. Pendant une cérémonie de mariage, par exemple.

Au même instant, Milo sauta des genoux de sa nurse pour se précipiter vers Bee et agripper sa robe. Elle lui passa la main dans les cheveux et lui prit la main.

— Il radotait, répliqua Sergios entre ses dents, outré par l'impertinence de son épouse.

Mais la vue du sourire rayonnant que Milo levait vers Bee le calma instantanément. Après un peu plus de deux semaines d'absence, il avait noté une nette amélioration dans le comportement des enfants de son cousin.

De toute évidence, la présence de Bee leur était très bénéfique. Milo était devenu un peu plus autonome et Eleni avait toujours le sourire aux lèvres. Même Paris semblait moins replié sur lui-même et se risquait de temps en temps à prendre la parole.

Sergios n'était pas du genre à nouer des liens étroits avec les gens, mais il avait été malgré tout très proche de Timon. Même s'il avait peu de points communs avec ce cousin très sérieux à la vie rangée, il éprouvait pour lui une réelle affection. Offrir à ses enfants la meilleure vie possible et favoriser leur épanouissement était pour lui une question d'honneur.

Dès que les mariés sortirent sous le porche, les dizaines de photographes amassés devant l'église brandirent leurs appareils. Abasourdie, Bee se figea. Sergios en profita pour la prendre dans ses bras et s'emparer de ses lèvres.

Le souffle coupé, elle fut assaillie par un flot de sensations d'autant plus intenses qu'elle n'était pas du tout préparée à ce baiser. Tandis que sa raison lui intimait de résister au tourbillon qui l'emportait, tout son corps s'y abandonnait sans réserve.

C'était si bon de sentir ces bras musclés refermés sur elle, ce torse puissant pressé contre ses seins, cette bouche gourmande contre sa bouche ! C'était si bon qu'elle en voulait encore plus… beaucoup plus… La langue de Sergios franchit le barrage de ses lèvres et elle crut défaillir. Une chaleur dévastatrice se répandit entre ses cuisses, tandis que les pointes de ses seins se hérissaient contre la dentelle de son soutien-gorge.

— Tu n'es pas censée être aussi délicieuse, *yineka mou,* murmura Sergios d'une voix rauque en s'arrachant à ses lèvres et en plongeant dans le sien un regard étincelant de désir.

Etourdie, elle s'écarta de lui et posa pour les photographes en s'efforçant d'étouffer le feu qui la dévorait. Que lui arrivait-il ? Elle n'avait jamais rien éprouvé de tel ! Pas même avec Jon. C'était comme si Sergios avait réveillé en elle une force obscure dont elle ignorait l'existence… En l'espace d'une seconde, il lui avait fait perdre le contrôle d'elle-même.

C'était très déstabilisant. Et terriblement embarrassant ! Comment avait-elle pu répondre à son baiser avec un tel enthousiasme ? Comment avait-elle pu se coller à lui avec une telle indécence ? De toute évidence, s'il l'avait embrassée c'était uniquement pour les photographes…

Sergios arborait un sourire de circonstance, tout en s'efforçant de réprimer le désir qui le taraudait. Il n'était pas question de coucher avec son épouse, se rappela-t-il fermement. Ce serait désastreux pour sa liberté. Les femmes étaient toutes pareilles. Toutes aussi possessives les unes que les autres.

Non seulement il n'avait pas prévu de mettre sa femme dans son lit mais il n'en avait aucun besoin. A présent qu'il était marié, sa maîtresse mettrait encore plus d'ardeur à le satisfaire. Il connaissait assez les femmes pour en avoir la certitude. Alors pourquoi se compliquer la vie ?

La réception se tenait dans un palace, à l'entrée duquel les invités étaient filtrés.

— Zara a été vraiment stupide, lança Ingrid Blake,

la belle-mère de Bee, d'une voix hargneuse. C'est elle qui devrait être à ta place aujourd'hui !

Impassible, Sergios prit son épouse par la taille.

— Il n'y a pas de comparaison. Beatriz est une femme exceptionnelle, déclara-t-il d'une voix rauque.

A la fois flattée par ce compliment inattendu et embarrassée par le jugement implicite porté sur Zara, Bee s'empourpra.

Tandis que sa belle-mère s'éloignait, elle marmonna :

— Ingrid a une langue de vipère, mais j'aurais pu la remettre à sa place moi-même.

— Il est hors de question que je garde le silence quand on insulte ma femme.

— Ingrid est désagréable mais c'est la femme de mon père. Elle fait partie de ma famille.

Devant le regard anxieux de Bee, Sergios éclata de rire.

— Tu n'arriveras jamais à protéger tout le monde de moi !

Elle déglutit péniblement. Ce rire était celui d'un homme implacable et sûr de son pouvoir. D'ailleurs son père n'était-il pas présent alors qu'elle était persuadée qu'il ne viendrait pas ? La soumission de son père aux diktats de son mari en disait long sur le pouvoir et l'intransigeance de ce dernier…

— Ton grand-père n'est pas venu ? demanda-t-elle, surprise.

— Il a une bronchite et son médecin lui a conseillé de rester chez lui. Tu le verras demain en Grèce.

Ayant pour habitude de séparer sa vie privée de sa vie publique, Sergios avait choisi de célébrer leur mariage dans une intimité relative. Parmi les cinquante personnes présentes, ses invités appartenaient tous au monde des affaires. Sa famille était très réduite, expliqua-t-il à

Bee, qui s'en étonnait. Son grand-père n'avait eu que deux enfants, qui étaient tous les deux morts jeunes.

— Cherchait-il un héritier quand il a appris ton existence ?

— Non. A cette époque, il avait Timon. Ce sont les services sociaux qui ont pris contact avec lui après avoir découvert notre lien de parenté. Il ignorait tout de moi. J'avais dix-sept ans quand il est venu me trouver. Il m'a offert ce dont j'avais le plus besoin. La possibilité de faire des études.

A en juger par son ton crispé, Sergios n'avait pas envie de s'étendre sur le sujet. Mieux valait ne pas insister, décida Bee. Dommage, parce qu'elle avait très envie d'en savoir plus sur son passé…

Peu habituée à être le point de mire, elle ne parvenait pas à se détendre et mangea très peu. Un groupe de musiciens célèbres animait la soirée. Tandis qu'ils jouaient, elle remarqua une femme très belle qui jetait des regards de convoitise sur Sergios. A son grand dam, une bouffée de colère l'assaillit et ses doigts se crispèrent d'eux-mêmes, comme pour griffer l'inconnue. Allons bon, serait-elle jalouse ? C'était ce baiser… Il avait tout changé.

Jamais elle n'aurait imaginé qu'un simple baiser pourrait la mettre dans un tel état. Elle se croyait peu sensuelle. Quand elle était amoureuse de Jon, le tenir à distance ne lui avait pas demandé beaucoup d'efforts. Elle attendait qu'il manifeste son intention de s'engager pour coucher avec lui. Sans doute sentait-elle sans en avoir conscience qu'il n'était pas prêt à construire une relation durable.

— Cette journée est interminable, marmonna Sergios en consultant l'écran de son téléphone pour la énième fois et en pianotant nerveusement sur la table.

— Ce sera bientôt fini, répliqua-t-elle d'un ton apaisant.

Comme l'avait déjà prouvé son attitude à l'église, cette journée était de toute évidence une épreuve pour Sergios. Serait-ce le souvenir de son premier mariage qui le perturbait ? Comment était sa première épouse ? L'avait-il épousée par amour ? Etait-ce de l'avoir perdue huit ans plus tôt alors qu'elle était enceinte qui l'avait rendu aussi dur ? Etait-ce pour oublier son chagrin qu'il était devenu un grand séducteur ?

— Débarrassons-nous de la danse, murmura-t-il en se levant.

— J'aime ton enthousiasme, ironisa-t-elle en se levant à son tour avec un sourire éclatant, consciente du regard ému dont l'enveloppait sa mère.

Emilia Blake était rayonnante. Sergios avait tenu à lui rendre visite quelques jours avant le mariage et il avait fait l'effort de rester un moment à discuter avec elle. Emilia portait son gendre aux nues et Bee était déterminée à ne jamais rien laisser paraître qui puisse gâcher son bonheur.

Il fallait que ce mariage fasse illusion quoi qu'il arrive, décida-t-elle. Sa mère devant s'installer en Grèce, il ne serait pas facile de lui cacher des tensions éventuelles au sein du couple. Il faudrait donc faire preuve d'une extrême prudence…

L'esprit de Bee se vida soudain de toute pensée cohérente. Sans cesser de danser, Sergios venait de resserrer son étreinte autour d'elle. Plus rien n'existait que son torse puissant contre lequel s'écrasaient ses seins et son regard brûlant plongé dans le sien. Parcourue d'un long frisson, elle sentit une chaleur délicieuse naître au creux de ses reins et se répandre entre ses cuisses.

— *Theos*… comme tu bouges bien, murmura Sergios d'une voix rauque en la faisant tournoyer.

A partir de cet instant, le temps parut s'accélérer. Une fois la danse terminée, Sergios et Bee circulèrent de table en table pour dire un mot à tous leurs invités. Il fallait reconnaître qu'il jouait bien le jeu, songea-t-elle, impressionnée et troublée à la fois. Il ne la lâchait pas un seul instant, la tenant par la taille ou les épaules…

Les enfants finirent par donner des signes de fatigue et les nurses les ramenèrent à la maison. Une heure après leur départ, Sergios décida qu'ils pouvaient s'éclipser à leur tour et ils montèrent dans la limousine qui les attendait devant l'hôtel. Bee jeta un coup d'œil furtif à son mari. Son soulagement d'en avoir enfin terminé était manifeste.

— Ce sont les mariages en général que tu n'aimes pas, ou bien seulement le tien ?

— Tous. Je ne supporte pas les regards émerveillés et les rêves chimériques. Ce n'est pas la vraie vie.

— Il est naturel que les gens aient envie d'être heureux.

Haussant les épaules, Sergios se laissa aller contre le dossier de la banquette et étendit ses jambes devant lui.

— As-tu envie d'être heureuse, Beatriz ?

— Pourquoi pas ? répliqua-t-elle d'un ton délibérément léger.

— Ça ne sera pas avec moi. Je ne crois pas au bonheur.

On ne pouvait pas être plus clair, songea-t-elle avec un pincement au cœur.

La limousine les déposa devant l'entrée de l'hôtel particulier. Ils traversèrent le hall et montèrent l'escalier ensemble. Sur le palier, juste avant qu'ils se dirigent vers leurs suites respectives, Sergios annonça d'un ton neutre :

— Je me change et je ressors. Je te verrai demain à l'aéroport.

Sur ces mots, il s'éloigna dans le couloir et disparut. Quelques secondes plus tard, une porte se referma avec un bruit sourd. Clouée sur place, Bee avait toutes les peines du monde à respirer. On devait ressentir la même chose après avoir reçu un coup de poing à l'estomac… C'était le jour de leur mariage, leur nuit de noces, et il sortait ? Et pourquoi pas ? Ce n'était pas un mariage normal, se rappela-t-elle fermement. Il n'était pas obligé de lui tenir compagnie.

Mais où allait-il ? Voir une autre femme ? Pourquoi cette idée lui était-elle insupportable ? Pourquoi avait-elle l'impression qu'une flèche empoisonnée venait de l'atteindre en plein cœur ? Il n'y avait aucune raison. Absolument aucune… Alors pourquoi se sentait-elle aussi mal ?

Impossible de demander à une domestique de l'aider à enlever sa robe. Ce serait trop humiliant. Mais de toute façon elle ne l'aurait jamais demandé à Sergios non plus, même s'il n'était pas sorti. Ce qui prouvait bien que sa réaction était ridicule ! Furieuse contre elle-même, Bee gagna sa chambre, se déshabilla tant bien que mal et prit une douche.

Melita vivait-elle à Londres ? Ou bien Sergios l'avait-il fait venir spécialement ? A moins qu'il ait rendez-vous avec quelqu'un d'autre ? En tout cas, c'était sûrement une femme qu'il allait retrouver… De nouveau, Bee eut l'impression de recevoir une flèche en plein cœur. Pourquoi avait-elle des réactions aussi absurdes ? se demanda-t-elle avec exaspération. Sergios avait été très clair dès le départ. Leur mariage n'en serait pas vraiment un et il se réservait le droit de coucher avec qui il voulait, quand il voulait.

Elle n'avait aucune raison de se sentir trahie. Et puis il fallait être lucide. Un homme aussi séduisant que Sergios ne pouvait pas être attiré par une femme aussi ordinaire qu'elle. Sa première épouse, Krista, était une femme splendide. Blonde et menue comme Zara. S'il s'était remarié avec elle, c'était uniquement parce qu'elle s'était engagée à s'occuper des enfants de son cousin tout en lui laissant toute sa liberté.

On frappa à la porte. C'était Paris, en pyjama de super-héros, un album sous le bras.

— J'ai vu oncle Sergios qui s'en allait. Tu veux regarder mes photos ?

— Bien sûr, répondit Bee avec un sourire vaillant.

Le petit garçon ne se lassait pas de feuilleter les albums de photos que Sergios avait fait rapporter du garde-meuble. Il aimait les montrer à Bee en lui donnant des tas d'explications, ce qui l'aidait à supporter le manque.

— Tu veux boire quelque chose de chaud ? demanda-t-elle d'un ton enjoué.

Jamais elle n'oublierait sa nuit de noces, songea-t-elle en descendant dans la cuisine.

Un peu plus tard, installée sur son lit, un bras autour de la taille de Paris et un verre de chocolat à la main, elle eut un peu de mal à refouler ses larmes.

Heureusement, son petit compagnon était trop occupé à lui faire partager ses souvenirs pour s'en apercevoir.

5.

Le lendemain matin, lorsqu'une hôtesse fit visiter à Bee le jet de Sergios, les enfants étaient déjà installés dans la cabine arrière en compagnie de deux nurses, Janey et Karen. Armées d'un nombre de jouets, magazines et DVD suffisant pour occuper un vol deux fois plus long, les deux jeunes filles étaient enthousiasmées par leurs conditions de voyage.

Sans doute serait-elle aussi séduite qu'elles par ce luxe extravagant si elle n'était pas aussi tendue, songea Bee. Non seulement elle avait très mal dormi mais elle avait été obligée de feindre la bonne humeur au petit déjeuner, afin de ne pas accroître la nervosité des enfants.

Après tous les bouleversements qu'ils avaient subis au cours des derniers mois, Paris et Milo appréhendaient ce nouveau déménagement. Toutefois, Paris s'adressait déjà au steward en grec, constata-t-elle. Et Milo l'écoutait avec attention, visiblement heureux d'entendre de nouveau sa langue maternelle.

Ils ne retrouveraient pas leur maison familiale d'Athènes, bien sûr. Cependant, vivre dans leur pays natal leur ferait sans doute du bien. D'autant plus que la villa de Sergios sur l'île d'Orestos leur était familière. Ils y étaient souvent allés en vacances avec leurs parents.

Après s'être assurée qu'ils n'avaient besoin de rien, Bee retourna dans le salon, s'installa dans un fauteuil et se mit à feuilleter un magazine pour se donner une contenance. Vêtue d'un pantalon de lin blanc, d'un corsage de soie vert et d'un cardigan assorti, elle se sentait à la fois élégante et à l'aise dans ses vêtements. Malheureusement, cela ne l'aidait pas à se détendre…

Elle entendit des voix à l'extérieur de l'appareil et ses mains se mirent à trembler. Les doigts crispés sur les pages de son magazine, elle sentit son cœur s'affoler dans sa poitrine tandis qu'un bruit de pas résonnait sur la passerelle. Sergios allait finir par la rendre folle ! Jamais personne ne lui avait inspiré des sentiments aussi contradictoires. Une part d'elle-même mourait d'impatience de le revoir, tandis que l'autre rêvait de ne plus jamais rien avoir à faire avec lui !

— *Kalimera…* Bonjour, Beatriz, déclara-t-il en arrivant dans le salon, plus séduisant que jamais.

La gorge sèche, elle marmonna un « bonjour » inaudible en esquissant un sourire poli. Pourquoi était-elle aussi mal à l'aise ? se demanda-t-elle, irritée contre elle-même. Il n'y avait aucune raison ! Prenant une profonde inspiration, elle affronta le regard de Sergios. Une lueur suspicieuse brillait dans ses yeux noirs. Elle le savait ! Il était sur ses gardes. Il s'attendait à un mouvement d'humeur en réaction au fait qu'il était sorti la veille au soir. Eh bien, pas question de lui donner cette satisfaction. Gardant le sourire aux lèvres, elle reporta son attention sur son magazine.

Elle resta plongée dans ce dernier pendant le décollage, puis rendit visite aux enfants avant de reprendre sa lecture. Sergios l'observait avec une perplexité croissante. Beatriz n'avait pas eu un mot plus haut que l'autre. Pas un seul… Pourquoi en était-il contrarié ? Au lieu de se féliciter de son détachement, il en était presque froissé. Sans doute parce que c'était la première fois qu'une femme l'ignorait. Mais était-ce vraiment du détachement ? A propos, il avait oublié… Il sortit de sa poche un écrin qu'il posa sur la table.

— Pour toi.

Bee prit l'écrin à contrecœur, l'ouvrit, jeta un coup d'œil au superbe solitaire monté en bague qui se trouvait à l'intérieur, le referma et le reposa sur la table.

— Merci.

Sergios crispa la mâchoire. Cette fois, pas de doute. L'indifférence de Beatriz était délibérée. C'était une manière de le punir tout en le défiant. Lui qui commençait à penser que son épouse était peut-être différente… En réalité, elle cachait son jeu aussi bien que les autres femmes. Pourquoi feignaient-elles toujours d'accepter les règles pour ensuite les enfreindre à la première occasion ? Bien sûr, il savait qu'elle était volontaire et obstinée. Mais il ne s'attendait pas à ce qu'elle se montre rebelle. D'autant plus qu'il avait fait des efforts pour cimenter leur relation.

— Tu ne la mets pas ? demanda-t-il en s'efforçant de garder son calme.

Bee rouvrit l'écrin, prit la bague et la glissa à son annulaire droit avec une désinvolture délibérée avant de se replonger dans son magazine. Mieux valait garder le silence, décida-t-elle. Elle était trop furieuse contre lui pour prendre le risque de dire un seul mot.

Mais surtout il fallait éviter de le regarder. Parce qu'elle ne pourrait pas s'empêcher de l'imaginer entre des draps froissés avec une créature cent fois plus belle et plus sexy qu'elle. Pourtant, jusqu'à ce jour, elle se moquait éperdument d'être belle ou sexy. Elle s'attachait avant tout à mener une vie saine et à garder l'esprit serein. Malheureusement, depuis qu'elle avait épousé Sergios sa sérénité s'était évanouie !

Incrédule, Sergios bouillait de colère. Jamais une femme n'avait manifesté un tel manque d'intérêt pour un de ses cadeaux ! Il scruta le visage de Bee. L'espace d'une seconde, elle leva les yeux pour lui jeter un regard furtif. Il eut le temps de voir briller une lueur de défi dans ses yeux émeraude avant qu'elle reporte son attention sur son magazine avec une moue boudeuse. Transpercé par une flèche de désir, il réprima un juron. Bon sang ! Ces lèvres pulpeuses étaient redoutables ! Elles faisaient naître dans son esprit des images qui le rendaient fou.

— Excuse-moi.

Bee fut debout avant qu'il ait le temps de réagir. Quelques secondes plus tard, elle disparaissait dans la cabine arrière, accueillie par un cri joyeux de Milo.

Soulagée d'avoir fui l'atmosphère irrespirable du salon, Bee s'assit pour jouer avec les enfants. Janey, la nurse la plus jeune, lui saisit la main.

— Oh ! Cette bague est fabuleuse, madame Demonides !

Non, cette bague était un camouflet, songea Bee. Jamais elle ne s'était sentie aussi humiliée. Sergios avait passé leur nuit de noces avec une autre femme et il avait l'indécence de lui offrir une bague ! En compensation ? Si elle s'était écoutée, elle la lui aurait jetée à la figure ! Heureusement qu'elle avait réussi à quitter le salon avant de perdre son sang-froid…

Pourquoi ne parvenait-elle pas à le considérer comme un frère ou un ami ? Pourquoi était-elle irrésistiblement attirée par lui ? Pourquoi ne supportait-elle pas de l'imaginer au lit avec une autre femme ? C'était pathétique !

Il fallait à tout prix qu'elle parvienne à le voir comme un être asexué. C'était la seule solution pour que leur mariage fonctionne. Au lieu de se polariser sur l'effet redoutable que lui faisait Sergios, elle devait penser à sa mère et aux enfants.

Sergios était peut-être un mufle arrogant et égoïste, mais il fallait reconnaître qu'il avait de bons côtés. Il avait fait preuve d'une grande délicatesse vis-à-vis de sa mère. Sans qu'elle le lui demande, il s'était comporté devant Emilia comme si leur mariage était bien réel. Et malgré son peu d'intérêt pour les enfants il avait tenu à adopter ceux de son cousin et à leur offrir une vraie vie de famille. Alors qu'il aurait très bien pu garder sa liberté et payer quelqu'un pour les élever à sa place.

Le jet atterrit à Athènes et tous les passagers le quittèrent pour un gros hélicoptère qui décolla aussitôt pour Orestos. S'efforçant d'ignorer le regard noir de Sergios fixé sur elle, Bee se concentra sur le paysage dès que l'île fut en vue. La côte rocheuse était parsemée de plages de sable blanc bordées de pins et baignées par une eau d'un beau bleu indigo. Les maisons blanches qui entouraient le port formaient une ville assez importante.

— C'est fantastique ! On dirait une carte postale ! s'extasia une nurse.

— Ça doit être un paradis pour les enfants, renchérit sa collègue.

— Orestos appartient à ta famille depuis longtemps ? demanda Bee à Sergios.

— Mon arrière-grand-père l'a reçue en paiement d'une dette dans les années vingt.

Sergios avait grandi dans un quartier déshérité d'Athènes. Peut-être cela expliquait-il pourquoi il était parfois si dur et intransigeant, songea Bee, tandis que l'hélicoptère se posait à quelques mètres d'une grande maison blanche flanquée d'une tour ronde. Nichée au milieu d'une pinède, la propriété n'était visible que du ciel. Sergios sauta à terre, puis se tourna vers Bee pour l'aider à descendre. Surexcité, Milo sauta à son tour et s'élançait déjà vers la maison quand Sergios le retint par le col de son sweat-shirt.

— La mer et les rochers sont tout proches et il faut faire attention aux enfants, dit-il aux deux nurses. Ne les laissez jamais quitter la maison seuls.

Refroidies par cet avertissement, Janey et Karen perdirent le sourire. Bee s'empressa de déclarer d'un ton apaisant :

— Ne vous inquiétez pas. Je suis sûre que tout va bien se passer et que les enfants vont se plaire ici. Il faudra juste leur apprendre à respecter quelques règles de sécurité.

La gouvernante, Androula, une femme bien en chair au sourire chaleureux, sortit de la maison et s'adressa à Sergios en grec.

Il arqua les sourcils, puis expliqua à Bee en anglais :

— Nectarios est ici.

— Tu sembles surpris. Il ne vit pas avec toi ?

— Non. Il a une maison de l'autre côté de la baie. Androula vient de me dire que celle-ci a été inondée pendant une tempête et qu'elle est inhabitable.

Sergios crispa la mâchoire.

— Ça change tout…

De quoi parlait-il ? se demanda Bee avec perplexité en suivant Androula dans la maison avec les enfants et les nurses. Un homme de forte carrure aux cheveux blancs et aux yeux perçants s'avança à leur rencontre. Aussitôt, Paris se précipita vers son grand-père, suivi de Milo. Le regard du vieil homme se posa sur Bee, qui sentit ses joues s'enflammer.

— Présente-moi à ton épouse, Sergios, demanda Nectarios. Je suis vraiment désolé de vous envahir alors que vous venez de vous marier, ajouta-t-il à l'adresse de Bee.

— Vous faites partie de la famille et vous serez toujours le bienvenu ici, répliqua-t-elle avec chaleur en se détendant un peu. Regardez comme les enfants sont heureux de vous voir !

— Belle et charmante, lança Nectarios à l'adresse de son petit-fils. Tu as bien choisi, Sergios.

C'était très délicat de la part du vieil homme de prétendre qu'elle était belle, songea Bee. D'autant plus qu'elle devait avoir une allure épouvantable ! Son maquillage avait dû s'estomper et son pantalon de lin blanc tout froissé portait des marques des mains de Milo… Eleni geignait et les garçons étaient surexcités. Excellent prétexte pour laisser les deux hommes et suivre Androula, décida-t-elle en prenant la petite fille dans ses bras.

Tandis que les garçons retrouvaient avec joie des jouets familiers, elle confia Eleni aux nurses et demanda à Androula où se trouvait sa chambre. La gouvernante la conduisit jusqu'à une vaste pièce circulaire située dans la tour et baignée de lumière, dont la porte-fenêtre ouvrait sur un balcon de pierre qui dominait la baie. Bee fut tout aussi éblouie par la luxueuse salle de bains attenante, mais elle sentit ses joues s'empourprer lorsque Androula lui montra les deux dressings jumeaux. La gouvernante pensait naturellement que les jeunes mariés partageaient la même chambre…

Après s'être assurée qu'elle avait le temps avant le dîner, Bee prit un peignoir dans une de ses valises et gagna la salle de bains, laissant les domestiques ranger le reste de ses affaires. Un bon bain lui ferait le plus grand bien… Pendant que la baignoire se remplissait, elle se déshabilla, puis elle attacha ses cheveux. Après avoir jeté des sels de bain dans la baignoire, elle se plongea dans l'eau chaude et parfumée avec un petit soupir d'aise.

Des coups frappés à la porte la firent tressaillir. Allons bon, elle n'avait pas fermé le verrou… Elle était en train de se redresser quand la porte s'ouvrit sur Sergios.

Croisant les bras sur la poitrine, elle hurla :

— Sors d'ici !

— Certainement pas.

6.

Dans les yeux noirs de Sergios, l'étincelle de colère laissa place à une lueur admirative. Quel spectacle ! Nue dans son bain, la peau parsemée de mousse, Beatriz était sublime.

Malgré ses efforts pour cacher ses seins, elle n'y parvenait pas entièrement. Ils étaient aussi somptueux que dans son imagination, et les deux bourgeons qui les couronnaient aussi appétissants que deux grosses cerises bien mûres…

Submergé par une vague de désir, Sergios dut crisper les poings pour résister à la tentation de toucher ce corps appétissant ruisselant d'eau.

Finalement, être obligé de partager la même suite que son épouse s'annonçait moins pénible qu'il ne l'avait craint en apprenant la présence de son grand-père. Ça risquait même d'être très agréable…

— Va-t'en ! cria Bee d'une voix aiguë.

Ignorant cette injonction, Sergios referma la porte et s'y adossa.

— Ne me parle pas sur ce ton. Les domestiques sont en train de défaire les valises juste à côté et nous sommes censés être en voyage de noces. Pour quelqu'un aussi à cheval sur les bonnes manières, tu as un comportement plutôt curieux. J'ai frappé à la porte et tu as choisi de ne pas répondre !

— Tu ne m'en as pas laissé le temps !

Fatiguée de tenter en vain de cacher sa nudité, Beatriz prit une serviette et s'efforça de s'envelopper dedans en même temps qu'elle se redressait. Fasciné par les courbes voluptueuses de ses hanches, Sergios eut un sourire malicieux.

— Il te faudrait une serviette plus grande, Beatriz.

Piquée au vif, elle sentit son cœur se serrer. Oui, elle était grosse et disgracieuse… Tout l'inverse de sa sœur Zara, filiforme, que Sergios avait initialement prévu d'épouser. D'ailleurs, sa première épouse était aussi menue que Zara. De toute évidence, c'était ce genre de femmes qui attirait son mari. Il devait la trouver énorme…

— Mais le mieux serait de la laisser tomber, *yineka mou,* poursuivit Sergios d'une voix rauque.

— Si je n'étais pas occupée à tenter de la nouer, je te giflerais ! rétorqua-t-elle, persuadée qu'il se moquait d'elle.

Il prit un drap de bain sur une étagère et le lui tendit.

— Nous allons être obligés de partager cette suite.

Elle tressaillit.

— Qu'est-ce que tu racontes ?

— Je veux que mon grand-père croie à ce mariage. Il est hors de question de faire chambre à part et de nous comporter comme frère et sœur. Nous n'avons pas le choix. Il faut jouer le jeu et espérer que notre talent d'acteurs sera à la hauteur.

— Partager la même chambre ? Il n'en est pas question !

— Je ne te demande pas ton avis. Nous avons conclu un accord. Nous nous sommes engagés à ménager les apparences. Toi tu ne veux pas faire de peine à ta mère, et moi je ne veux pas inquiéter Nectarios. Il ne faut pas qu'il puisse avoir le moindre doute à propos de notre mariage. Deux jeunes mariés en lune de miel ne font pas chambre à part.

— En tout cas, je refuse absolument de dormir dans le même lit que toi !

Bee serra les dents. Si seulement elle ne se sentait pas aussi mal à l'aise ! Enveloppée dans ce drap de bain démesuré, elle devait paraître encore plus grosse… L'avait-il choisi aussi grand délibérément, ou bien était-ce un hasard ?

— Je vais m'habiller pour dîner, annonça-t-elle afin que Sergios s'écarte pour la laisser sortir.

Sans la quitter des yeux, il ouvrit la porte. Lorsqu'elle passa devant lui, il posa la main sur son épaule nue. Elle se figea.

— J'ai envie de toi, murmura-t-il en la prenant par la taille pour l'attirer contre lui.

Submergée par la panique, elle crut défaillir. « J'ai envie de toi » ? Depuis quand ?

— Ce n'est pas prévu dans notre accord, répliqua-t-elle d'une voix mal assurée.

Le dos contre le torse de Sergios, elle restait immobile comme une statue de crainte que le moindre mouvement passe pour un signe d'encouragement.

A son grand dam, il pouffa.

— Quelle importance ? Nous sommes adultes et libres de faire ce qui nous plaît !

— Quand on passe un accord, il faut le respecter.

— Le désir est capricieux, *yineka mou*. Ce n'est pas quelque chose qu'on peut planifier, chuchota Sergios en faisant remonter lentement ses mains vers la poitrine de Bee.

Le cœur battant à tout rompre, elle retint son souffle tandis qu'il faisait glisser le drap de bain pour dénuder ses seins. Lorsqu'il referma les mains sur ces derniers en pinçant délicatement leurs pointes hérissées entre ses doigts, elle laissa échapper un petit gémissement. Il fallait le repousser… lui dire d'arrêter… insister pour qu'il arrête…

Il la souleva de terre, la porta dans la chambre et il l'allongea sur le lit. Il appuya sur un bouton au-dessus de la tête du lit et elle entendit la porte se verrouiller. Remontant le drap de bain sur sa poitrine, elle se redressa.

— Beatriz, souffla Sergios en la rejoignant sur le lit.

— Ce n'est pas une bonne idée ! protesta-t-elle d'une voix beaucoup plus aiguë qu'elle ne l'aurait voulu.

Il s'empara de sa bouche dans un baiser fougueux tout en écartant le drap de bain pour lui caresser les seins. Toute velléité de résistance la quitta instantanément. Comment trouver la force de le repousser ? Elle n'avait qu'une envie. S'abandonner à son baiser et à ses caresses…

— *Filise mou*, embrasse-moi, murmura-t-il contre sa bouche. J'adore tes seins.

Non, il ne fallait pas succomber à la tentation ! Dans un sursaut de volonté, Bee se jeta sur le côté et tomba par terre. Sergios la regarda d'un air abasourdi.

— Que s'est-il passé ? Tu t'es fait mal ?

— Non, mentit-elle. Mais il fallait que je t'empêche de continuer.

Elle remonta le drap de bain sur sa poitrine. Jamais elle ne s'était sentie aussi ridicule !

— Pourquoi ?

Elle baissa les yeux.

— Parce que je ne veux pas coucher avec toi.

— Pourquoi mens-tu ? Je sais très bien quand une femme a envie de moi.

Assise par terre, sur un tapis qui ne rendait pas sa

position plus confortable, Bee serra les dents. Il mériterait une gifle retentissante !

— J'ai eu un moment de faiblesse, mais ça ne se reproduira plus. Nous étions convenus de ne pas coucher ensemble.

— J'ai changé d'avis.

Bee faillit hurler.

— Pas moi.

Contrairement à toute attente, un sourire ravageur étira les lèvres de Sergios.

— Tu es trop inhibée, Beatriz. Tu as besoin d'un homme comme moi pour te décoincer.

Serrant les dents, elle se leva en maintenant fermement le drap de bain en place.

— Merci beaucoup, mais je suis très heureuse comme je suis.

— Tu pourrais tomber enceinte si tu en as envie. Nous avons déjà trois enfants sur les bras. Un de plus, un de moins…

Effarée, Bee s'écria :

— Tu dis vraiment n'importe quoi !

— Essaie d'être un peu moins conformiste. Je te propose un marché. Je te donne ce que tu veux en échange de ce que je veux. C'est aussi simple que ça.

— Sauf qu'il s'agit de mon corps ! Il n'est pas question qu'il fasse l'objet d'un marché, que ce soit avec toi ou avec n'importe qui d'autre. Nous étions convenus que nous ne coucherions pas ensemble et je ne veux pas revenir là-dessus.

— Ce n'est pas le message que m'envoie ton corps, *latria mou*.

— Tu interprètes mal les signaux. C'est sans doute ton ego démesuré qui t'induit en erreur, rétorqua-t-elle en s'approchant du lit pour appuyer sur le bouton qui commandait le déverrouillage de la porte.

Sergios en profita pour glisser les doigts sous le drap de bain, au-dessus de sa poitrine. Elle fut parcourue d'un long frisson.

— Non, ce n'est pas mon ego qui parle, murmura-t-il d'une voix caressante.

— Si. De toute façon, tu n'as pas vraiment envie de moi. Je ne suis pas ton genre.

Il arqua les sourcils.

— Je n'ai pas de genre particulier.

— Zara ? Ta première femme ? Souviens-toi… minces, blondes, ravissantes…

Au lieu de tirer sur le drap de bain, Sergios laissa sa main retomber sur le lit.

— Voilà ton genre de femme, insista Bee. Rien à voir avec moi.

Il secoua la tête.

— Tu ne sais pas ce qui m'excite.

— Tu crois vraiment ? La difficulté. C'est ça qui t'excite ! Il suffit de te résister. Tu es pervers. Si je me jetais à ta tête, tu détesterais ça.

— Non, pas là maintenant.

Sergios indiqua sa braguette, tendue à craquer.

— Comme tu peux le voir, je n'attends que ça.

Electrisée, Bee détourna les yeux en s'efforçant d'ignorer la chaleur délicieuse qui se répandait entre ses cuisses.

— Tu me dégoûtes, lança-t-elle sèchement.

En même temps qu'elle le disait elle prit conscience qu'elle n'en pensait pas un mot. En réalité, il était très gratifiant de constater qu'il la trouvait désirable…

— Pendant le dîner, réfléchis à ce qui te ferait plaisir,

suggéra-t-il d'une voix traînante. Et n'oublie pas que j'ai les moyens de t'offrir tout ce dont tu as envie.

— Tu me proposes de me payer pour coucher avec toi ? s'écria-t-elle, outrée.

Il leva les yeux au ciel.

— Toujours les grands mots…

— Tu es incapable de comprendre le mot « non », n'est-ce pas ? Quand je pense que pour me convaincre tu es allé jusqu'à me proposer de me faire un enfant !

— Bien sûr. Tu en as envie. Je t'ai observée avec les enfants de mon cousin. Pour s'occuper d'eux comme ça, il faut avoir l'instinct maternel. Je connais assez bien les femmes pour savoir qu'à un moment ou à un autre de notre mariage tu vas décider d'en avoir un à toi.

— Pour l'instant, je me demande comment je vais trouver le courage de rester mariée avec un homme aussi cynique !

— Tu le trouveras pour les enfants. Tu n'es pas du genre à fuir tes responsabilités, Beatriz. C'est une qualité que j'admire.

Sergios resserra le nœud de sa cravate, passa la main dans ses cheveux et se leva d'un bond.

— Cependant, il faut que tu saches une chose, précisa-t-il d'un ton glacial. Je ne parle jamais de ma première femme, Krista. Jamais. Alors fais-en autant.

Complètement déstabilisée, Bee regagna la salle de bains, entra de nouveau dans son bain presque froid et resta un long moment allongée dans l'eau, immobile, hébétée. Quand Sergios l'avait embrassée en lui caressant les seins, elle avait été submergée par des sensations si intenses qu'elle avait bien failli perdre la tête.

Jamais un homme ne lui avait fait un effet aussi dévastateur. Mais il était vrai que ce n'était pas n'importe quel homme… Comme il le disait lui-même,

Sergios connaissait bien les femmes. Après la mort de Krista — celle dont il ne fallait pas parler — il était devenu un séducteur notoire. C'était sans aucun doute un amant très expérimenté, capable de rendre folle de désir n'importe quelle femme. Du moins avait-elle la satisfaction de ne pas lui avoir cédé.

Mais en réalité il ne la désirait pas vraiment. S'il voulait revenir sur leur accord, c'était uniquement parce que la présence de son grand-père allait les obliger à partager la même chambre. Pourquoi en était-elle blessée ? C'était vraiment ridicule…

En tout cas, il était visiblement prêt à tout pour la convaincre. Il devait être très rare qu'un homme tente de séduire une femme en lui proposant de lui faire un enfant !

Comment avait-il deviné que la perspective d'avoir un enfant avait cent fois plus d'attrait pour elle que des diamants ou n'importe quel autre cadeau somptueux ? Comment pouvait-il lire dans son cœur ? Comment avait-il déjà compris ce qu'elle-même n'avait découvert que tout récemment ?

C'était seulement depuis qu'elle s'occupait de Paris, Milo et Eleni qu'elle avait pris conscience d'avoir envie de devenir mère un jour. Un jour où elle avait acheté des vêtements à Eleni, elle s'était surprise à regarder la layette et les poussettes. Tout à coup, elle s'était sentie en proie à un désir souvent évoqué devant elle par certaines de ses amies mais qui jusque-là lui était resté étranger.

Certes. Mais pour l'instant elle devait rester sur ses positions. Si elle se pliait aux volontés de Sergios dès le début de leur mariage, elle deviendrait très vite son esclave. Il était impératif qu'il respecte les limites qu'ils avaient fixées d'un commun accord.

Après tout, il avait Melita et plusieurs autres maîtresses dans sa vie. Elle n'avait aucune envie de rejoindre le harem ! A cette pensée, Bee ressentit les premiers élancements de la migraine. En soupirant, elle appuya la tête contre le coussin de bain. Il fallait à tout prix qu'elle parvienne à se détendre…

Quand Sergios entra dans la chambre, Bee finissait de se préparer. Sa robe de soirée bleue moulait sa silhouette sans dévoiler un millimètre de peau superflu. Dans le miroir, elle vit une lueur approbatrice s'allumer dans les yeux noirs.

— Sexy, déclara-t-il sobrement.

Aussitôt sur la défensive, elle se raidit.

— L'encolure est montante et on ne voit pas du tout mes jambes.

Un sourire amusé étira les lèvres de Sergios, tandis qu'il promenait un regard appréciateur sur la poitrine et les fesses de Bee. Cette robe couvrait peut-être sa peau, mais elle soulignait ses courbes féminines qui le méritaient amplement…

Il effleura une mèche brune qui tombait sur son épaule.

— Laisse repousser tes cheveux. Je les préférais longs.

— As-tu l'habitude que les femmes conforment leur apparence à tes goûts ?

— Absolument.

— D'autres instructions, mon commandant ? lança Bee avec une pointe d'agressivité.

— Détends-toi et souris. Nectarios est déjà conquis. Il trouve ses arrière-petits-enfants beaucoup plus épanouis.

— Mon Dieu, je n'y suis pour rien ! Je ne m'occupe d'eux que depuis quelques semaines…

— Mais tu es beaucoup plus présente que ne l'était leur mère, et la sollicitude dont tu fais preuve à leur égard compte beaucoup pour eux.

— Pourquoi ne voyaient-ils pas beaucoup leur mère ?

— C'était une présentatrice vedette de la télévision. Timon était fou d'elle.

Et lui, adorait-il Krista ? se demanda aussitôt Bee. Elle ne parvenait pas à l'imaginer en adoration devant une femme. Il semblait trop froid et dominateur pour ça. Pourtant, il n'avait que vingt et un ans quand il avait épousé Krista. Pour se marier aussi jeune, il fallait accorder une certaine importance à l'institution du mariage… Or ce n'était pas l'impression qu'il lui avait donnée la veille !

Krista avait dû le faire beaucoup souffrir pour qu'il devienne aussi cynique. Ou alors il était inconsolable de sa disparition et de celle du bébé qu'elle portait. Peut-être s'était-il juré de ne jamais retomber amoureux et de ne jamais se remarier…

Mais quelle importance ? Les états d'âme de Sergios ne la concernaient pas, se dit Bee avec irritation. S'il l'avait épousée, c'était uniquement pour les enfants de Timon. Elle ferait bien de ne pas l'oublier…

Et s'il avait tenté de coucher avec elle c'était pour une raison très simple. Cette petite île grecque ne devait pas offrir autant de possibilités que Londres dans ce domaine.

Par ailleurs, s'il voulait que son grand-père croie à son mariage, il pouvait difficilement laisser son épouse en plan en pleine lune de miel ! Voilà pourquoi elle était devenue subitement sexy. Pour l'instant, elle était la seule option disponible pour satisfaire sa libido…

Le dîner fut servi sur la terrasse qui prolongeait la salle à manger. La vue sur le coucher du soleil était splendide et la nourriture délicieuse.

Bee mangea de bon appétit, tandis que Nectarios lui racontait des anecdotes sur l'histoire de l'île et de la famille. Les deux hommes finirent malgré tout par succomber à la tentation de parler affaires. Il n'y avait pas seulement une ressemblance frappante entre Sergios et son grand-père, constata-t-elle, amusée. Ils avaient également les mêmes gestes et les mêmes attitudes.

— Vous pouvez parler en grec, si vous voulez, proposa-t-elle. Je ne me sentirai pas offensée.

Il fallait qu'elle s'y mette rapidement, d'ailleurs. Heureusement, elle avait des facilités pour apprendre les langues étrangères. Il était indispensable qu'elle soit capable de communiquer avec les domestiques et de parler aux enfants dans leur langue maternelle. Elle n'avait aucune envie d'être exclue de la moitié des conversations !

Tout en dégustant sa salade de fruits, elle observa Sergios à la dérobée. La lumière tamisée qui éclairait la terrasse dessinait des ombres sur son visage, ajoutant à son charme irrésistible. Il parlait avec les mains et chacun de ses gestes était d'une sensualité inouïe… Elle leva les yeux et s'empourpra. Allons bon, Nectarios l'avait surprise en train de regarder Sergios…

Quelques minutes plus tard, elle se leva en annonçant qu'elle allait voir les enfants. Elle resta avec eux un moment, puis leur souhaita une bonne nuit en promettant à Paris de l'emmener à la plage le lendemain matin. Elle monta ensuite au dernier étage de la tour. Un peu plus tôt dans la soirée, elle y avait découvert une chambre qu'elle avait décidé de s'approprier.

N'avait-elle pas lu quelque part que faire chambre à part était très tendance chez les couples qui avaient la chance de disposer de l'espace nécessaire ? Cela ne signifiait pas que leur mariage était en difficulté. C'était juste une question de confort. Voilà ce qu'elle dirait à Sergios s'il émettait des objections.

Après avoir enfilé une chemise de nuit en coton qui n'avait rien d'affriolant, elle s'allongea au milieu du grand lit, bras et jambes écartés, en respirant lentement et profondément pour se relaxer. Avec le temps, cette maison et cette nouvelle vie deviendraient familières. Tout se passerait bien…

La porte s'ouvrit brusquement et elle fit un bond dans le lit. Eclairé par la lumière du couloir, Sergios était debout sur le seuil, torse nu, une serviette nouée sur les reins. Le cœur battant à tout rompre, elle alluma la lampe de chevet.

— Que fais-tu ici ?

— Puisque tu as déserté le lit conjugal, je suis obligé d'en faire autant. Où que ce soit, nous dormons ensemble, répondit Sergios en dardant sur elle un regard noir.

Elle déglutit péniblement. Ces épaules carrées et ce torse musclé étaient très impressionnants…

— Je t'interdis d'enlever cette serviette ! lança-t-elle d'une voix mal assurée.

— Ne sois pas aussi pudibonde. Je dors nu. Depuis toujours.

— Eh bien moi, je n'ai pas envie de te voir nu.

Sergios esquissa un sourire narquois.

— Oh ! Je t'en prie ! Comme si tu n'avais jamais vu un homme nu !

— Eh bien non, figure-toi ! rétorqua Bee, exaspérée.

Avec un peu de chance, cette information allait le refroidir ! Il allait peut-être enfin admettre qu'il valait mieux la laisser dormir seule…

Sergios se figea au milieu de la pièce, les yeux écarquillés.

— Ne me dis pas que tu n'as jamais eu d'amant…

Les joues en feu, elle haussa les épaules en s'efforçant de prendre un air désinvolte.

— Non, je n'en ai jamais eu.

Sergios resta cloué sur place. Il était persuadé que les femmes adultes encore vierges constituaient une espèce en voie de disparition… En tout cas, il n'aurait jamais imaginé en trouver une dans son lit ! Pivotant sur lui-même, il quitta la pièce sans un mot.

Bee expira lentement, puis éteignit la lumière. Eh bien, en tout cas cette nouvelle lui avait fait l'effet escompté… Enfin, la paix !

Son soulagement fut de courte durée. La porte se rouvrit et elle fit un nouveau bond dans le lit. Sergios était de retour, débarrassé de sa serviette qui avait été remplacée par un caleçon noir.

Sans un mot, il se coucha dans le lit. Le contact d'une jambe fit tressaillir Bee et elle s'écarta vivement, les nerfs à fleur de peau.

— Je n'ai jamais couché avec une vierge, déclara Sergios. De nos jours, c'est aussi rare qu'un dinosaure.

Contre toute attente, Bee fut prise d'un fou rire irrépressible.

— Je n'essayais pas d'être drôle, marmonna-t-il en l'attirant contre lui.

Habitué à prendre très au sérieux la vie en général et le sexe en particulier, il était complètement désarçonné par cet accès d'hilarité. Bee pleurait de rire dans ses bras. Son corps voluptueux était agité de spasmes incontrôlables et ses seins frottaient contre son torse, tandis que son parfum délicat assaillait ses narines. Une vague de désir le submergea, si puissante qu'elle lui coupa le souffle. Il enfonça les doigts dans la chevelure soyeuse de Bee et s'empara de sa bouche avec fougue. Le fou rire qui la secouait s'arrêta net. Laissant échapper un gémissement étouffé, elle répondit à son baiser avec ardeur.

— Sergios…, murmura-t-elle quelques instants plus tard quand il s'arracha brièvement à sa bouche.

— Tu seras encore vierge demain matin. Je te le promets, *yineka mou*.

7.

Parcourue de longs frissons, Bee s'efforçait malgré tout d'écouter la petite voix intérieure qui la mettait en garde. Sergios jouait avec elle à un jeu dont elle ne connaissait pas les règles. Si elle lui cédait, elle le regretterait amèrement. Il n'y avait aucun doute là-dessus... Mais comment résister au feu qui la dévorait tout entière ?

Il fit glisser sa chemise de nuit sur ses épaules pour découvrir ses seins. Dans la clarté laiteuse de la lune qui filtrait à travers les voilages, ces deux globes rebondis étaient les plus appétissants qu'il avait jamais vus... Il les saisit à pleines mains et referma les lèvres sur une pointe hérissée, qui se durcit de plus belle sous les caresses de sa langue et de ses dents.

La tête renversée en arrière, Bee était submergée par des sensations prodigieuses qui menaçaient de lui faire perdre ses dernières bribes de lucidité. La bouche de Sergios quitta son sein pour couvrir l'autre de baisers avant d'aspirer goulûment sa pointe frémissante. Elle enfonça les doigts dans ses cheveux en gémissant.

Un flot de chaleur se répandit entre ses cuisses, tandis que des vibrations délicieuses la parcouraient. Le souffle court, elle crispa les doigts sur les épaules de Sergios tandis que ses reins se creusaient d'eux-mêmes. Les sensations qui montaient en elle gagnèrent en intensité. Prise dans un tourbillon inexorable, elle se mit à onduler des hanches, incapable de contrôler la fièvre qui montait en elle.

Des ondes de volupté lui arrachaient des gémissements rauques, mais elle en voulait plus, toujours plus… Soudain, une lame de fond la balaya et elle s'abîma dans un plaisir surnaturel.

Quelques instants plus tard, au comble de l'embarras, elle fut prise d'une envie irrésistible de bondir hors du lit. Mais où aller ? S'enfermer dans la salle de bains ? De toute façon, elle ne trouverait jamais le courage de bouger. Parce que malgré tout elle était merveilleusement bien. Immobile dans les bras de Sergios, elle avait une conscience aiguë de sa respiration hachée, des battements frénétiques de son cœur… et de la virilité de Sergios, dure comme la pierre contre sa cuisse. Mon Dieu, qu'avait-elle fait ?

— Très intéressant, murmura-t-il, visiblement amusé. C'est ce qui s'appelle rompre la glace…

— Et… et toi ? chuchota-t-elle d'une voix mal assurée.

— Je vais prendre une douche froide.

Elle fut submergée par un immense soulagement. C'était peut-être très égoïste de sa part, mais elle était complètement dépassée par la situation…

— Tu es une femme très ardente, *moli mou*, déclara Sergios en se levant. De toute évidence, Townsend n'était pas l'homme qu'il te fallait.

Elle tressaillit.

— Que sais-tu de Jon ?

Il s'immobilisa sur le seuil de la salle de bains et se tourna vers elle.

— Davantage que ce que tu as bien voulu me dire. J'ai fait faire une enquête sur lui.

— Quoi ? Comment as-tu osé ? Je t'ai dit que c'était un ami…

— Et tu as menti. C'était ton ex. Prendre un verre avec lui n'était donc pas si innocent que ça, *moli mou*. Mais puisque tu n'as jamais couché avec lui il ne compte pas vraiment.

Comment avait-elle pu s'abandonner dans les bras d'un homme aussi odieux ? se demanda Bee, horripilée.

— Si tu me touches encore, je crierai !

— Pas de problème. J'aime que tu cries dans mes bras, rétorqua-t-il avec un sourire sarcastique avant de fermer la porte de la salle de bains.

Tremblante de colère, Bee crispa les poings. Elle mourait d'envie de lancer quelque chose contre cette porte… Mais pas question. Ce serait une réaction puérile et elle n'avait pas l'habitude de faire l'enfant.

Elle avait commis une erreur redoutable en succombant à l'attirance irrésistible que Sergios exerçait sur elle. Quelle idiote ! Et pas étonnant qu'il l'ait traitée de pudibonde. Elle était mortifiée mais en réalité ils n'avaient pas fait grand-chose. Elle prenait ça beaucoup trop au sérieux. Il serait beaucoup plus judicieux de se comporter comme s'il ne s'était rien passé d'important.

Sauf qu'elle venait de vivre une expérience inoubliable… Sergios était absolument redoutable. Elle aurait dû prendre la fuite dès qu'il était entré dans la chambre. Pourquoi s'était-il renseigné sur Jon Townsend ? Elle avait juste pris un verre avec lui dans un café ! Ne faisait-il donc confiance à personne ? De toute évidence, non. Il avait dû souvent être trahi pour devenir aussi soupçonneux… Et en lui mentant elle n'avait pas arrangé les choses.

Elle avait dû s'endormir, se dit-elle en se réveillant au moment où Sergios l'allongeait entre des draps froids.

— Qu'est-ce que… ?

— Rendors-toi, Beatriz.

Elle ouvrit brièvement les yeux, reconnut la chambre circulaire baignée par le clair de lune, puis elle se retourna et ferma les yeux, trop fatiguée pour protester.

Le lendemain matin, elle se réveilla seule dans le lit. A part un creux dans l'oreiller voisin, rien n'indiquait qu'elle avait eu de la compagnie.

Après une douche rapide, elle enfila un bermuda et un T-shirt pour aller à la plage, comme elle l'avait promis aux garçons. Nectarios lisait un journal sur la terrasse, où Androula lui servit le petit déjeuner.

— Sergios travaille dans son bureau, annonça le vieil homme en pliant son journal. Qu'avez-vous prévu de faire, aujourd'hui ?

— J'emmène les garçons à la plage.

— Beatriz… c'est votre lune de miel. Faites passer les enfants au second plan pendant quelques jours et arrachez mon petit-fils à son bureau.

Faire faire quelque chose à Sergios contre son gré ? Elle réprima une moue de dérision. Nectarios lui demanda des nouvelles de sa mère et lui dit qu'il avait hâte de faire sa connaissance. Quand elle eut fini son petit déjeuner, Bee se dirigea vers le bureau de Sergios. Après ce qui s'était passé entre eux cette nuit, elle préférerait l'éviter… Cependant, il fallait donner le change à son grand-père.

Il travaillait sur son ordinateur portable tout en discutant au téléphone. Elle l'observa pendant qu'il terminait sa conversation. Il avait le don de la mettre hors d'elle, mais il fallait reconnaître qu'il avait un charme irrésistible…

Il raccrocha et se tourna vers elle.

— Beatriz…

A son grand dam, elle sentit ses joues s'enflammer sous son regard pénétrant.

— J'emmène les enfants à la plage. Tu devrais venir avec nous. Nectarios est surpris que tu aies déjà repris le travail alors que c'est notre lune de miel.

— Je ne vais jamais à la plage, et encore moins avec des enfants.

Bee haussa les épaules.

— Alors il est temps de t'y mettre. Ces enfants ont autant besoin d'un père que d'une mère.

— Je ne suis pas capable de jouer le rôle de père. Je n'en ai jamais eu…

— Ce n'est pas une raison pour ne pas faire d'efforts pour les enfants de ton cousin. Même un père intermittent vaut mieux que pas de père du tout. Le mien ne s'est jamais intéressé à moi et ça m'a toujours manqué.

Sergios se passa la main dans les cheveux avec une impatience manifeste.

— Beatriz…

— Non, n'essaie pas de me faire taire parce que je te dis des choses que tu n'as pas envie d'entendre ! Même si tu ne peux accorder aux enfants qu'une heure par semaine, ce sera mieux que rien. Une heure, Sergios. C'est tout ce que je te demande. Le reste du temps tu pourras les oublier.

— Je t'ai déjà expliqué que je ne sais pas m'y prendre avec les enfants. Je t'ai épousée pour que tu t'occupes d'eux.

— Etant donné que tu sembles décidé à modifier les termes de notre accord quand ça t'arrange, il me semble que tu pourrais m'accorder la même latitude, tu ne crois pas ?

Sergios arqua les sourcils.

— Si je viens à la plage, tu accepteras que nous partagions la même chambre sans faire d'histoires ?

Bee soupira.

— Les relations humaines ne sont pas toujours basées sur le marchandage.

— Tu ne crois pas aux concessions mutuelles ?

— Si, bien sûr ! Mais je ne veux pas que le sexe devienne une monnaie d'échange !

Sergios réprima un sourire amusé. Il fallait reconnaître que son épouse ne manquait pas de caractère. Comment avait-il pu la considérer comme laide et anxieuse de plaire ? Avec ses yeux émeraude qui lançaient des éclairs, son teint de pêche et sa bouche pulpeuse, elle était d'une beauté envoûtante. Dire que c'était la seule femme à l'avoir repoussé ! Cette attitude l'avait rendu fou de rage, mais elle l'avait également émoustillé. Et quand elle lui avait avoué qu'elle était vierge il avait mieux compris ses réticences.

Bee se raidit. Cette lueur qui brillait dans les yeux noirs de Sergios, elle la reconnaissait… A son grand dam, elle sentit les pointes de ses seins se hérisser et une chaleur familière se répandre entre ses cuisses. Les joues en feu, elle détourna les yeux, furieuse contre elle-même. Pourquoi n'avait-elle aucun contrôle sur son propre corps ? Quelle injustice !

— Très bien, dit-elle d'un ton brusque. Si tu acceptes de consacrer une heure par semaine aux enfants, j'accepte de partager ta chambre. Au petit déjeuner, je me suis rendu compte que rien n'échappe à ton grand-père et qu'il est suspicieux.

— J'ai juré il y a longtemps de ne jamais me remarier et il me connaît bien. C'est normal que notre mariage le laisse sceptique.

— A tout à l'heure sur la plage, déclara Bee d'un ton vif.

Dire qu'elle avait été obligée de céder sur la chambre ! Mais si c'était le seul moyen d'obliger Sergios à s'impliquer dans la vie des enfants, elle ne regrettait rien. Toutes ses tentatives précédentes avaient échoué.

Karen avait habillé les enfants et préparé un grand sac de jouets et de boissons. Les garçons ouvrirent la marche à travers la pinède jusqu'à la plage de sable blanc. Ils étaient en train de scruter une flaque dans les rochers quand Sergios arriva quelques instants plus tard, vêtu d'un jean coupé et d'une chemise ouverte sur son torse musclé.

Ils se précipitèrent vers lui avec une joie exubérante. Pendant que Paris discutait crabes, requins et pêche à la ligne, Bee pataugea dans l'écume avec Milo et Eleni. Quand Paris entreprit de construire un château de sable, ils coururent le rejoindre.

Sergios se dirigea vers Bee.

— Trente-deux minutes, annonça-t-elle au cas où il envisagerait de rogner sur l'heure prévue.

Il eut un sourire malicieux.

— Je n'ai pas pris de chronomètre.

— Qu'est-il arrivé à ton père ? demanda-t-elle tout à trac.

Sergios regarda vers l'horizon.

— Il est mort à vingt-deux ans en s'entraînant pour devenir pilote de course.

— Tu ne l'as pas connu du tout ?

— Non. Mais pas parce qu'il est mort. Parce qu'il ne s'est jamais intéressé à moi. Ma mère, Ariana, était une réceptionniste à peine sortie de l'adolescence quand il l'a mise enceinte, un des rares jours où il a daigné travailler pour Nectarios.

— Elle ne lui a jamais parlé de toi ?

— Elle a essayé mais il ne répondait pas à ses coups de téléphone. Et quand elle a essayé de le voir il l'a fait licencier. Elle ne connaissait pas ses droits et elle n'avait pas de famille pour la soutenir. Petros n'avait pas envie de devenir père.

— Ça a dû être très dur pour une fille aussi jeune de s'en sortir en tant que mère célibataire.

— Elle a développé le diabète pendant sa grossesse. Et après ma naissance elle est restée très fragile. Je volais pour nous nourrir. A quatorze ans, j'étais un voleur de voiture chevronné.

— Pour en arriver à… tout ça…

D'un geste de la main, Bee indiqua la luxueuse villa derrière au milieu de la pinède.

— On peut dire que tu as fait du chemin.

— Nectarios a fait preuve d'une patience admirable. Ça a dû être encore plus dur pour lui. J'étais ignare, révolté par la mort de ma mère et très sauvage quand j'ai commencé à travailler pour lui. Mais il ne m'a jamais laissé tomber.

— Tu représentais sans aucun doute un bien meilleur investissement pour lui que le père que tu n'as jamais connu.

Sergios considéra Bee d'un air surpris.

— Il n'y a que toi pour émettre une opinion aussi flatteuse après ce que je viens de te raconter sur mon passé de délinquant juvénile, *yineka mou.*

Elle sentit ses joues s'enflammer. Au même instant, elle vit Milo s'approcher de l'eau, un seau à la main et elle se précipita vers lui. Mais Sergios fut plus rapide qu'elle. Il attrapa le petit garçon au moment où il entrait dans l'eau d'un pas chancelant et le fit sauter en l'air, à sa plus grande joie. Quelques minutes plus tard, il le déposa à côté du château de sable.

Eleni à son côté, Bee étendit le plaid sur le sable et Sergios s'y laissa tomber. Alors qu'elle s'agenouillait, il referma la main sur sa nuque pour lui faire lever la tête et chercha son regard. Elle fronça les sourcils avec perplexité.

— Qu'est-ce que tu veux ?

— Ce que je veux ?

Sergios éclata de rire.

— Tout ce que tu voudras bien me donner. Tu ne l'as pas encore compris ?

Sur ces mots, il captura sa bouche dans un baiser fougueux qui l'enflamma tout entière. Effrayée par l'intensité du désir qui l'assaillait, elle le repoussa vivement et se tourna vers les enfants pour voir si tout allait bien. Paris, qui les avait vus s'embrasser, détourna aussitôt la tête d'un air embarrassé. Elle l'était sans doute bien plus que lui ! songea-t-elle en soupirant.

Appuyé sur un coude, une jambe repliée, Sergios ne la quittait pas des yeux, constata-t-elle avec embarras. Et sa position ne masquait rien de l'éveil de sa virilité… A son grand dam, elle fut submergée par une nouvelle vague de désir.

— Tu essaies de profiter de moi parce que je suis la seule femme disponible dans les parages, marmonna-t-elle en reportant son attention sur les enfants.

Il effleura son bras du bout des doigts.

— Ai-je vraiment l'air d'être en manque à ce point ? Et même si c'était le cas, je pourrais quitter l'île à tout moment pour aller satisfaire ma libido ailleurs.

— Pas si tu veux convaincre ton grand-père que tu es un jeune marié heureux de l'être.

— Je pourrais facilement inventer un problème

imprévu exigeant ma présence au siège de la société. Tu as une bien piètre opinion de ton pouvoir de séduction.

— Je suis juste réaliste. Les hommes ne se sont jamais bousculés devant ma porte, reconnut Bee avec le plus grand naturel. Jon a été l'exception pendant quelque temps, mais quand il a compris que ma mère et moi nous étions indissociables il a laissé tomber.

— Pour épouser la fille d'un juge très influent. Il est visiblement plus ambitieux que sentimental.

Bee soupira. Sergios était décidément très bien renseigné... Dire qu'il avait osé charger un professionnel d'enquêter sur sa vie privée !

— Tu ne trouves pas ça curieux qu'aujourd'hui il te demande de parrainer une association caritative ? poursuivit-il d'un ton sarcastique.

Cette remarque était pertinente, mais pas question de lui faire le plaisir de le reconnaître, décida-t-elle.

— Non, pas du tout. En tant que ton épouse, je pourrais être très utile à cette association.

— Et en tant que mon ex-épouse tu pourrais être encore plus utile à Jon. Sois prudente. Il te voit peut-être comme son passeport pour un autre monde.

— Je ne suis pas stupide !

— Stupide non, mais trop confiante.

Sergios eut un sourire malicieux.

— Ne te fais pas d'illusions. J'ai accepté de partager ton lit mais ça n'ira pas plus loin.

— Ce serait tellement dommage, Beatriz ! Nous sommes faits pour nous entendre.

— Si tu veux coucher avec moi, c'est uniquement parce que tu estimes que ça créera entre nous une intimité qui nous rendra plus crédibles aux yeux de ton grand-père. C'est un homme charmant, mais je ne suis pas prête à aller jusque-là pour lui faire plaisir.

— Souviens-toi que je sais éveiller ton désir.

Le cœur de Bee se serra. Sergios parlait d'une voix caressante mais son regard était devenu froid. Où était passé le sourire amusé avec lequel il la regardait quelques minutes plus tôt ? Et le rire joyeux qui lui avait échappé à plusieurs reprises au cours de la conversation ?

Elle pourrait très facilement tomber amoureuse de lui, comprit-elle tout à coup, l'estomac noué. Ce qui serait une catastrophe ! Il avait un charme irrésistible, mais c'était un homme sans scrupules. Si elle lui cédait, il se lasserait d'elle très vite. Elle resterait le cœur brisé, éperdument amoureuse d'un homme qui ne l'aimerait pas et qui passerait son temps à la tromper…

Un ballon aterrit sur l'épaule de Bee. Sergios se redressa d'un bond et ordonna à Paris d'aller jouer plus loin. Mais, soulagée par cette diversion, elle renvoya le ballon aux garçons et les rejoignit pour jouer avec eux pendant qu'Eleni ramassait des coquillages.

Sergios l'observait avec une perplexité mêlée d'exaspération. Comment pouvait-elle refuser avec un tel aplomb de coucher avec lui ? Toutes les autres femmes qu'il avait connues étaient prêtes à tout pour partager son lit et sa vie ! Comment Beatriz pouvait-elle être aussi peu intéressée par tout ce qu'il avait à lui offrir, au lit comme en dehors ?

C'était la première fois qu'il était confronté à une femme qui accordait plus de prix aux valeurs morales qu'à l'argent ou aux bijoux. Lui qui s'imaginait que toutes les femmes étaient bâties sur le même modèle… Rien de ce qu'il avait appris d'elles jusqu'à ce jour n'était applicable à Beatriz Blake. A sa manière, c'était une véritable anticonformiste.

Un domestique vint informer Sergios qu'on le demandait au téléphone et que c'était important. Il regagna la villa.

Bee continua de jouer avec les enfants en s'efforçant de ne pas regretter son départ. La plage semblait vide, tout à coup… Stop ! Elle sombrait dans le ridicule ! Mais comment nier que Sergios Demonides avait une présence et un charme hors du commun ?

Lorsqu'elle rentra à son tour en fin d'après-midi, en compagnie de deux petits garçons et d'une petite fille bien fatigués, elle avait la peau poisseuse, couverte de sable et rougie par le soleil, malgré la crème protectrice à indice élevé dont elle s'était enduite régulièrement.

Après avoir donné à manger à Eleni, elle resta avec elle un moment pour lui faire des câlins tout en discutant avec les nurses de l'opération imminente qui devait résoudre ses problèmes d'audition.

Lorsqu'elle regagna sa chambre pour prendre une douche, elle trouva sur le lit plusieurs boîtes en carton portant le nom de grands couturiers. Sergios lui avait commandé de la lingerie de nuit, constata-t-elle avec incrédulité. Toute une collection de nuisettes et peignoirs de soie, satin, mousseline et/ou dentelle, plus destinées au regard de l'homme qu'au confort de la femme… Tout l'opposé de ce qu'elle portait d'habitude ! Comment avait-il osé ? En tout cas, il ne devait pas exister dans le monde beaucoup d'hommes aussi déterminés et sûrs d'eux que lui…

Un peu plus tard, lorsqu'elle sortit de la salle de bains vêtue de son propre peignoir en coton, Sergios était dans la chambre. Elle resserra aussitôt sa ceinture et demanda d'un ton crispé :

— C'est toi qui as commandé tout ça pour moi ?

— Oui. Pourquoi ?

— Je ne porte pas ce genre de choses.

Il haussa les épaules.

— Mon grand-père a décidé de retourner chez lui.

— Je croyais que sa maison était inhabitable.

— Seulement deux pièces. C'est une grande propriété. Je pense que c'était un prétexte pour nous observer de plus près. Il emmène les enfants et les nurses avec lui.

Stupéfaite, Bee ouvrit de grands yeux.

— Pourquoi ?

— Parce que c'est rare un couple qui est ravi d'avoir trois enfants dans les pattes pendant sa lune de miel. Ne fais pas d'histoires, s'il te plaît. Ça part d'un bon sentiment et c'est leur grand-père…

— Oui, je sais bien, mais…

— Il est inutile de discuter. La décision est prise et il paraîtrait bizarre que nous revenions dessus.

Bee ne parvint pas à masquer sa consternation. Comment Sergios avait-il pu prendre cette décision sans la consulter ? Il l'avait épousée pour qu'elle joue le rôle de mère auprès de ces enfants, mais apparemment cela ne lui donnait pas les droits d'une vraie mère…

— Les enfants commencent tout juste à s'habituer à moi, fit-elle valoir. C'est déstabilisant pour eux d'être trimbalés comme ça.

— Tu pourras aller les voir tous les jours, si tu y tiens. Mais n'oublie pas que tu es mon épouse, Beatriz. Il serait temps que tu commences à te comporter comme telle.

— Est-ce un ordre ? lança Bee avec humeur.

— *Ne*… Oui. Faisons simple. Je te dis ce que je veux et tu le fais.

Furieuse, Bee s'enferma dans la salle de bains pour se maquiller. Recevoir des ordres quand on était nue sous son peignoir était très désagréable ! Et de toute façon elle n'avait jamais aimé qu'on lui dise ce qu'elle devait faire. Sergios était vraiment odieux !

Il voulait qu'elle se comporte comme son épouse ? Si elle le prenait au mot, il n'aimerait pas ça du tout !

Parce qu'une épouse aurait des exigences.

8.

Visiblement peu disposé à faire les efforts nécessaires pour convaincre les domestiques qu'il était un jeune marié attentionné, Sergios rejoignit Bee à la table du dîner alors qu'elle avait déjà mangé les hors-d'œuvre et commencé le plat de résistance. Au bout d'un moment, il rompit le silence pesant qui s'était installé entre eux.

— Je n'aurais pas cru que tu étais du genre à faire la tête.

— Tu préférerais que je hurle ?

Ayant perdu son appétit, Bee repoussa son assiette.

— Je t'emmènerai faire de la voile demain matin, annonça Sergios avec l'air de quelqu'un qui s'attendait à des applaudissements pour sa prévenance.

— Quelle chance…, ironisa-t-elle d'un ton morne.

— Et dans la semaine je t'emmènerai faire du shopping à Corfou.

— Est-ce obligatoire ? Je déteste le shopping.

Le silence envahit de nouveau la pièce.

— Quand je t'ai épousée, je croyais que tu étais une femme raisonnable et rationnelle, finit par déclarer Sergios d'un ton vif au moment du dessert.

— Et moi je te croyais quand tu disais que tu voulais un mariage platonique. Ça prouve à quel point on peut se tromper.

— Tu crois que la façon dont nous nous comportons va convaincre ta mère que notre mariage est un mariage heureux ?

Bee pâlit, déstabilisée.

— Ne m'attends pas, ajouta Sergios en repoussant son assiette. Le mois dernier j'ai pris la relève de mon grand-père au sein du conseil de l'île et ce dernier se réunit ce soir. Je resterai après la réunion pour prendre un verre.

Frustrée de se retrouver seule alors qu'aucun problème n'avait été résolu, Bee téléphona à sa mère et lui débita une foule de mensonges sur son immense bonheur. Elle tenta ensuite de se plonger dans un roman, mais elle fut incapable de se concentrer.

Un peu après 22 heures, elle reposa son livre. Elle n'était pas fatiguée le moins du monde, mais elle avait les nerfs à fleur de peau… Pourquoi ne pas faire un peu d'exercice ? C'était le meilleur moyen de se débarrasser de ses tensions.

A sa demande, une barre verticale avait été installée dans la salle de gymnastique de la villa. Elle avait poliment ignoré les réflexions narquoises de Sergios, qui pensait visiblement que la *pole dance* était une discipline érotique réservée aux strip-teaseuses. Vêtue d'un short moulant et d'un T-shirt court ajusté, elle fit quelques exercices d'échauffement avant de mettre sa musique préférée.

Au volant de sa voiture sur le chemin du retour, Sergios s'efforçait de se réjouir de son sort. En vain. Les quelques verres qu'il avait bus et les plaisanteries des autres membres du conseil à propos de son statut de jeune marié ne l'avaient pas déridé. Le mariage n'était pas une partie de plaisir. Apprendre à vivre avec quelqu'un était très difficile. Personne n'était mieux placé que lui pour le savoir… C'était pour cette raison qu'il avait préservé sa liberté pendant si longtemps. Son premier mariage lui avait laissé un souvenir trop cuisant.

Malgré tout, il avait toutes les raisons de se réjouir, se répétait-il résolument. Non seulement Beatriz était très attachée aux enfants, mais elle avait du cœur et elle était d'une parfaite intégrité. Il avait peu de chances d'avoir une mauvaise surprise s'il rentrait chez lui à l'improviste…

Cependant, en entrant dans le salon il ne put s'empêcher d'être vaguement contrarié. Elle ne l'avait pas attendu. De toute évidence, sa mauvaise humeur et leur différend à propos de leur mariage ne l'empêchaient pas de dormir… Mais pourquoi en était-il aussi frustré ? se demanda-t-il avec exaspération. Il lui avait dit lui-même de ne pas l'attendre !

Lorsqu'il trouva la chambre vide, il appela Androula, qui l'informa que Beatriz se trouvait dans la salle de gymnastique. Il s'y rendit après avoir enlevé sa cravate et sa chemise. Ce qu'il vit à travers la porte vitrée le cloua sur place. Beatriz était suspendue la tête en bas à une barre verticale.

Le temps qu'il reprenne ses esprits et qu'il pousse la porte, elle tournait autour de la barre en appui renversé sur les mains, les jambes écartées. Elle était incroyablement musclée, constata-t-il tandis qu'elle exécutait une série d'acrobaties spectaculaires mêlées de pas de danse. Musclée, souple et d'une sensualité diabolique…

Fasciné, il décida de savourer le spectacle. Un moment plus tard, lorsqu'elle roula sur le sol après avoir longuement tourné autour de la barre en ondulant des hanches, reins creusés et seins en avant, il était taraudé par un désir lancinant.

— Beatriz ? dit-il d'une voix rauque.

Consternée, elle se redressa d'un bond, le cœur battant à tout rompre. Depuis combien de temps Sergios était-il là ? Le regard qu'il dardait sur elle depuis le seuil de la pièce brillait d'un éclat inquiétant… Elle prit sa serviette pour essuyer son visage et son cou humides de sueur et éteignit la musique.

— Quand es-tu arrivé ? demanda-t-elle, immobile, tandis qu'il avançait résolument vers elle.

Elle ne voulait surtout pas paraître impressionnée par sa présence.

— Il y a une dizaine de minutes. Est-ce que ça fait longtemps que tu pratiques cette… discipline ? s'enquit-il quand il l'eut rejointe.

— Environ trois ans. C'était plus amusant que les autres cours.

Soudain, il referma les bras sur elle et l'embrassa avec fougue. Au contact de sa virilité pleinement éveillée contre son ventre, elle fut submergée par une vague de désir.

— *Se thelo…* J'ai envie de toi, murmura-t-il d'une voix hachée. Faisons de ce mariage un vrai mariage.

Désarçonnée, elle tenta de s'écarter de lui, mais il l'entraîna hors de la pièce en la tenant fermement par la taille.

— Il faut que nous réfléchissions, plaida-t-elle en s'efforçant de reprendre ses esprits.

— Non, il faut suivre notre instinct, au contraire ! Nous avons déjà perdu beaucoup trop de temps à réfléchir. Dans la vie on n'est pas toujours censé se poser dix mille questions avant d'agir. Certaines choses arrivent naturellement.

Sergios s'empara de nouveau de la bouche de Bee à peine la porte de leur chambre refermée derrière eux. Le feu qui couvait en elle se ranima aussitôt et elle répondit à son baiser avec ferveur. Sans cesser de s'embrasser, ils gagnèrent le lit en titubant et se laissèrent tomber dessus. Sergios promena les mains sur le corps de Bee gainé de Lycra avec un grognement appréciateur.

— Je ne veux pas que quelqu'un d'autre te voie danser comme ça. C'est trop sexy…

— Mais… ce sont juste des exercices pour me maintenir en forme !

— C'est d'un érotisme torride…

— Il vaudrait mieux que nous discutions d'abord, protesta-t-elle tandis qu'il lui enlevait son short.

— Je n'ai plus envie de parler… Nous l'avons déjà fait jusqu'à épuisement.

Le sourire ravageur qui étirait les lèvres de Sergios vainquit les dernières résistances de Bee. Elle captura sa bouche en plongeant les doigts dans ses épais cheveux noirs avec délectation. Pourquoi lutter plus longtemps ? Elle désirait cet homme de toutes les fibres de son être. Jamais aucun autre avant lui ne lui avait inspiré une telle passion… Elle déboutonna sa chemise et la fit glisser sur ses épaules avec une impatience qui le fit pouffer. Il s'écarta d'elle le temps de finir de se déshabiller. La vue de sa virilité fièrement dressée acheva de l'enflammer tout entière.

Après l'avoir débarrassée de son T-shirt et de son soutien-gorge de sport, il referma les mains sur ses seins avec un grognement de satisfaction. Il les caressa longuement tout en cueillant tour à tour dans sa bouche les deux bourgeons hérissés, lui arrachant des gémissements.

Il glissa un doigt sous l'élastique de sa culotte et effleura sa fleur humide encore secrète. Ivre de désir et de plaisir mêlés, elle creusa instinctivement les reins en laissant échapper un petit cri étranglé. Il en profita pour lui enlever sa culotte, puis honora du bout de la langue et des doigts le cœur brûlant de sa féminité en insistant sur son point le plus sensible avec une habileté diabolique.

Submergée par des sensations d'une intensité inouïe, elle perdit tout contrôle d'elle-même. La tête roulant sur l'oreiller, elle se mit à onduler des hanches en poussant des gémissements modulés. Elle le suppliait déjà depuis un moment lorsqu'il entra en elle d'un mouvement souple. Une douleur fulgurante la transperça, mais elle fut vite étouffée par une nouvelle vague de désir.

— Désolé, murmura-t-il contre sa bouche. J'ai essayé d'être aussi doux que possible.

— Tu es pardonné, répliqua-t-elle en nouant les jambes autour de sa taille pour mieux l'accueillir.

Avec une nonchalance exquise il l'entraîna dans une danse langoureuse, s'enfonçant un peu plus profondément en elle à chaque mouvement. Elle ferma les yeux et s'abandonna au rythme de ses reins, enivrée par les sensations dévastatrices qui l'envahissaient.

Peu à peu, il accéléra le rythme et elle fut emportée dans une spirale où le temps et l'espace étaient abolis. Plus rien n'existait que le corps de Sergios mêlé au sien et le plaisir qui montait en elle, implacable. Soudain, une ultime vague la balaya. Elle sombra dans le gouffre sans fond de la volupté avec un cri rauque.

Sergios la rejoignit presque aussitôt, secoué par une explosion d'une force inédite. Mais, alors qu'elle refermait les bras sur lui, il s'écarta brusquement et se laissa tomber à côté d'elle, lui imposant une séparation à laquelle elle n'était pas préparée.

— C'était fantastique, *yineka mou*. Merci.

« Merci » ? Désarçonnée, elle se blottit contre lui et posa la main sur son torse. Il se raidit.

— Je ne fais jamais de câlins, *glikia mou*.

— Il n'est jamais trop tard pour apprendre, répliqua-t-elle, encore étourdie de plaisir. Tu m'as bien persuadée de renoncer à réfléchir. Ce n'est pourtant pas dans mes habitudes…

Il fallait reconnaître que Beatriz avait souvent des réflexions pleines de bon sens, songea Sergios. Il se tourna vers elle.

— Tu as encore mal ?

— Un peu.

— Dommage… J'aurais aimé recommencer tout de suite, mais j'attendrai demain.

— Je… Tu n'as pas mis de préservatif ! Et si je…

— Tu voulais un enfant, non ? Et puis, avec un peu de chance, ça n'aura pas de conséquence. Je n'ai pas de préservatifs ici, de toute façon. Je n'amène jamais de femmes chez moi. Jamais.

Une foule de questions assaillit aussitôt l'esprit de Bee. Mieux valait s'abstenir de les poser, décida-t-elle. Bien sûr, savoir qu'aucune autre femme n'avait occupé ce lit était très réjouissant. Cependant, elle aimerait bien en savoir davantage sur la première épouse de Sergios… Curieusement, il n'y avait pas une seule photo de Krista dans la maison.

Quant à sa maîtresse, c'était un problème encore plus épineux. Mais il était beaucoup trop tôt pour l'évoquer. Surtout avec un homme qui tenait tant à préserver sa liberté. Il ne risquait pas de changer du jour au lendemain…

« Faisons de ce mariage un vrai mariage », avait-il dit dans la salle de gymnastique. Etait-il sincère ? Ou bien était-ce le désir qui l'avait poussé à prononcer des mots qui dépassaient sa pensée ?

A moins que pour la convaincre il lui ait tout simplement dit ce qu'il pensait qu'elle voulait entendre… A cette pensée, Bee sentit son cœur se serrer. Pas question d'exprimer ses doutes. Ça risquerait de provoquer ce qu'elle redoutait le plus…

— Nous allons installer une barre dans la chambre, poursuivit Sergios. Comme ça, tu pourras faire de la *pole dance* sans que personne ne te voie.

Bee s'efforça de masquer sa stupéfaction. Il ne plaisantait donc pas quand il lui avait dit qu'il n'aimerait pas que quelqu'un la voie danser…

— Je n'aurais jamais imaginé que tu étais aussi puritain !

— Tu es ma femme, rappela Sergios, le visage fermé.

Elle l'observa à la dérobée. Cette constatation ne semblait pas le réjouir… Regrettait-il déjà le nouveau tour qu'avaient pris leurs relations ? Elle détourna les yeux. Inutile de se torturer l'esprit pour un problème sur lequel elle n'avait aucun contrôle. De toute façon, vivre avec Sergios ce serait forcément les montagnes russes. Et comme il n'était pas du genre à se taire elle saurait très bientôt à quoi s'en tenir sur son état d'esprit.

— Je rentrerai tard ce soir, déclara Sergios en s'asseyant au bord du lit.

Après une brève hésitation, il saisit la main que Bee tendait instinctivement vers lui. Encore à moitié endormie à cause de l'heure matinale, elle remarqua néanmoins la tension qui crispait ses traits.

— Pourquoi ? demanda-t-elle d'une voix ensommeillée.

— C'est l'anniversaire de la mort de Krista, aujourd'hui. Tous les ans, j'assiste à une messe de souvenir avec ses parents et ensuite je dîne avec eux.

Bee fut décontenancée. En six semaines de mariage, c'était la première fois que Sergios évoquait sa première femme…

Visiblement conscient de sa surprise, il haussa les épaules d'un air embarrassé.

— Je n'y vais pas de gaieté de cœur.

— Tu veux que je t'accompagne ?

— C'est généreux de ta part, mais je ne pense pas que les parents de Krista apprécieraient. C'était leur fille unique. A mon avis, ils n'ont pas envie qu'on leur rappelle que j'ai tourné la page, expliqua Sergios d'un air sombre.

Que ressentait-il exactement ? Cette question hanta Bee toute la journée. Cependant, ce n'était pas exceptionnel. Eperdument amoureuse, elle se la posait souvent. Même si leur entente sexuelle était exceptionnelle, ce n'était pas cet aspect de leur relation qui avait fait naître les sentiments qu'elle éprouvait pour lui. C'était tout ce qu'elle avait découvert à son sujet en le côtoyant jour après jour.

Lorsqu'il était absent, elle avait l'impression de ne vivre qu'à moitié. En manque de sa présence charismatique, elle attendait ses coups de téléphone avec la fébrilité d'une adolescente et elle comptait les heures qui la séparaient de son retour.

Quand il était enfin là elle revivait, impatiente de l'entraîner dans un tourbillon de sensualité, toujours prête à se surpasser pour le combler. Jamais il ne quittait son cœur ni ses pensées, comme s'il y avait sa place depuis toujours.

En apprenant à l'aimer, elle avait également pris

conscience de ses points vulnérables. S'il ne savait pas comment s'y prendre avec les enfants, c'était parce que la santé fragile de sa mère l'avait privé d'une enfance insouciante. Elle-même avait connu le même problème, mais le poids des responsabilités avait été compensé par l'amour que lui portait sa mère. Alors que celle de Sergios, très jeune et immature, n'avait jamais donné à son fils l'amour dont il avait besoin.

Après avoir passé quelques jours chez leur grand-père de l'autre côté de la baie, Paris, Milo et Eleni avaient exprimé leur souhait de revoir Bee. Sergios avait promptement accepté l'inévitable et consenti à ce qu'ils reviennent à la villa.

Depuis, encouragé par Bee, il passait davantage de temps avec eux et leurs liens se resserraient peu à peu. Paris aimait discuter avec lui, Milo l'invitait à jouer au ballon et Eleni lui faisait de grands sourires quand il se risquait à s'approcher d'elle. Progressivement, il apprenait à accepter les marques d'affection, à y répondre.

Au grand soulagement de Bee, la première nuit qu'ils avaient passée ensemble sans utiliser de préservatif était restée sans conséquence. Elle était convaincue qu'une grossesse non programmée serait désastreuse pour leur mariage. Si Sergios devait devenir père, il fallait absolument que ce soit par choix. Pourtant, lorsqu'elle lui avait annoncé qu'il n'avait plus de raison de s'inquiéter, il avait haussé les épaules avec désinvolture.

— Je ne m'inquiétais pas. Si tu étais tombée enceinte, nous aurions fait avec.

Dieu merci, ils avaient échappé à ça ! avait-elle songé aussitôt. Oui, elle voulait un enfant. Mais seulement avec un homme qui en avait envie lui aussi. Elle tenait à ce que Sergios décide d'avoir un enfant avec elle.

Les semaines qu'ils avaient passées ensemble sur l'île

n'avaient cependant pas été consacrées uniquement aux enfants. Bee avait peu à peu appris à ne pas s'inquiéter pour l'avenir et à savourer le présent. Sergios lui avait fait visiter avec une fierté manifeste le cottage spécialement aménagé où sa mère devait s'installer. Une aide à domicile — qu'elle choisirait elle-même parmi une liste de personnes déjà sélectionnées pour leurs excellentes références — viendrait tous les jours s'occuper d'elle. Très touchée, Bee était impatiente de voir le sourire de sa mère lorsqu'elle prendrait sa première tasse de thé sur la terrasse ensoleillée qui dominait la baie.

Sergios l'avait également emmenée à Corfou pour une semaine. Elle avait été enchantée par l'animation qui régnait dans les rues de la vieille ville bordées d'élégants bâtiments de style vénitien.

Un jour, après l'avoir brièvement perdue dans la foule, Sergios ne lui avait plus lâché la main jusqu'au soir. Il lui avait offert une icône en argent d'une grande beauté, puis ils avaient bu des verres et dîné à la terrasse d'un des cafés situés sous les arcades du Liston, un édifice du XIXe siècle qui se dresse sur la Spianada, l'une des plus belles places de Grèce.

Lorsqu'ils avaient regagné leur hôtel, elle était éméchée et elle avait le fou rire. Il lui avait fait l'amour passionnément jusqu'à l'aube, puis elle s'était endormie dans ses bras. Lorsqu'elle avait rouvert les yeux, il était en train de travailler. En le voyant assis devant son ordinateur portable dans la lumière douce du début de matinée, elle avait compris qu'elle l'aimait. Avec tendresse et passion. Elle l'aimait tel qu'il était, avec ses qualités mais aussi ses défauts.

Il lui avait également fait visiter l'île d'Orestos dans ses moindres recoins et l'avait emmenée faire de la voile et de la plongée. Il appréciait visiblement beaucoup de pouvoir faire du sport avec elle. De son côté, elle avait noté qu'il était très doué pour construire des châteaux de sable et qu'il raffolait des crèmes glacées. Une de ses plus grandes joies était de lui faire fête avec les enfants quand il rentrait de voyage. Il y avait tout au fond de lui un abîme de solitude qu'elle rêvait de combler.

Inquiète des répercussions que risquait d'avoir sur Sergios la messe à la mémoire de Krista, Bee passa tout l'après-midi en proie à une grande nervosité. Elle réprima un soupir en recevant un texto de Jon Townsend, le énième d'une longue série depuis son arrivée en Grèce. Son ex-petit ami lui avait envoyé une foule d'informations sur l'association dont il s'occupait et il tenait absolument à la rencontrer lors de son prochain séjour à Londres.

Le temps étant splendide, elle décida d'aller chercher Milo à la garderie à pied. Cependant, la chaleur écrasante lui fit rapidement regretter sa décision. Déjà épuisée quand elle retrouva le petit garçon, elle se demanda comment elle allait trouver la force de refaire le trajet en sens inverse.

Elle traversait la place avec Milo qui sautait dans tous les sens et Eleni endormie dans sa poussette à l'ombre d'un parasol, quand Nectarios lui fit signe depuis la terrasse de la taverne. Coiffé de sa casquette usée, il n'avait rien d'un important homme d'affaires, ce qu'il était pourtant resté malgré sa semi-retraite. Il avait dû sortir en mer sur son voilier, songea-t-elle en le rejoignant.

— Que faites-vous ici à pied ? demanda-t-il en lui avançant une chaise.

— Milo était à la garderie. J'ai décidé de ne pas prendre la voiture, mais je ne m'étais par rendu compte qu'il faisait aussi chaud.

— On vient me chercher dans dix minutes. Nous vous déposerons.

Le vieil homme commanda à boire pour Bee et se montra d'une patience exemplaire quand Milo grimpa sur ses genoux pour lui enlever sa casquette, qu'il essaya avant de jouer au Frisbee avec.

Tandis que Bee savourait cette halte à l'ombre d'un platane, plusieurs personnes vinrent parler à Nectarios. Chaque jour, elle comprenait un peu mieux le grec et elle saisit quelques bribes de conversations concernant des parties de pêche, des mariages et des baptêmes. Le lendemain, elle partait pour Londres où Eleni devait se faire opérer des oreilles, et lorsqu'elle reviendrait sur l'île sa mère serait du voyage.

Elle aidait la petite fille à manger un petit pot quand elle perçut des murmures autour d'elle. Elle leva la tête et vit une blonde sculpturale traverser la place. Vêtue d'une robe blanche moulante, la jeune femme marchait avec ce balancement des hanches et cette désinvolture que les hommes trouvaient généralement irrésistibles. En tout cas, tous ceux qui étaient présents la dévoraient des yeux…

Un sourire sensuel aux lèvres, la jeune femme tourna la tête vers le petit groupe et son regard s'attarda sur Bee avec une curiosité manifeste. Nectarios lui adressa un signe de tête.

— Qui est-ce ? demanda Bee.

— C'est Melita Thiarkis.

Ce prénom familier fit à Bee l'effet d'un coup de poing dans l'estomac. C'était peut-être une coïncidence, se dit-elle aussitôt. Sauf que Nectarios semblait terriblement embarrassé…

— Qui est-ce exactement ? demanda-t-elle tout en se maudissant pour son insistance.

— Une styliste. Elle travaille à Athènes, mais elle est née sur l'île et elle y possède une maison.

L'estomac de plus en plus noué, Bee sentit des gouttes de sueur perler à son front. Inutile de se raconter des histoires. Cette femme ne pouvait être que la maîtresse dont lui avait parlé Sergios. Sinon, pourquoi Nectarios serait-il aussi gêné ?

Dire qu'elle s'imaginait qu'Orestos n'offrait à Sergios aucune possibilité de la tromper ! Mais combien de fois l'avait-il laissée seule le soir pour assister à une réunion du conseil de l'île ? Ou bien pour rendre visite à son grand-père ? Elle n'avait jamais eu le moindre soupçon. Pour la bonne raison qu'il ne lui était jamais venu à l'idée que la fameuse Melita pouvait se trouver sur l'île...

— Puis-je me permettre de vous donner un conseil ? demanda Nectarios, tandis que le conducteur du 4x4 qui les raccompagnait s'engageait sur le chemin qui conduisait à la villa.

Bee déglutit péniblement.

— Bien sûr.

— Ne brusquez pas les choses avec Sergios. Laissez-lui le temps d'apprécier à sa juste valeur ce que vous vivez ensemble. Son premier mariage a été désastreux et il en a gardé de profondes cicatrices.

Bee réprima un soupir. Le vieil homme appartenait à une époque où l'égalité dans le mariage n'existait pas et où l'infidélité masculine était acceptée par les femmes. Mais, pour sa part, elle n'avait pas du tout la même conception du couple. Jamais elle ne pourrait fermer les yeux si Sergios la trompait.

Quelle désillusion ! Le rêve dans lequel elle vivait depuis plusieurs semaines venait de prendre fin. A présent, il fallait affronter la réalité. Elle avait laissé

Sergios mener la barque. Ils n'avaient pas renégocié les termes de leur accord initial. Il n'y avait eu aucune discussion sérieuse, aucun pacte conclu.

Pendant presque deux mois, ils s'étaient laissés vivre sans aucune règle. Craignant de braquer Sergios si elle posait trop de limites trop tôt, elle avait décidé de lui laisser du temps. En fait, persuadée qu'à Orestos elle était la seule femme dans sa vie, elle avait adopté le comportement que Nectarios lui conseillait aujourd'hui.

Grave erreur… Elle aurait dû mettre les choses au clair dès le début. Lui dire qu'il ne pouvait pas à la fois coucher avec elle et avoir une maîtresse. Au lieu de ça, elle s'était contentée de vivre dans l'instant en se gardant bien de lui révéler ses sentiments pour ne pas le bousculer. Elle s'était armée de patience, prête à attendre le temps nécessaire pour que leur relation se consolide… persuadée que tant qu'ils étaient à Orestos il lui était fidèle.

L'avait-il trompée depuis leur arrivée ? Le cœur de Bee se serra douloureusement. Cette idée lui était insupportable… D'autant plus que Melita Thiarkis était sans aucun doute encore plus dangereuse que prévu. Elle était née sur l'île et Sergios devait la connaître depuis très longtemps. Nul doute qu'ils avaient noué des liens très étroits. Une styliste… Pas étonnant qu'il attache une telle importance à l'élégance ! Et puis c'était une femme très séduisante. Peut-être pas d'une beauté exceptionnelle, mais extrêmement sexy. Le genre de femme qui devait attirer irrésistiblement Sergios. D'ailleurs, son assurance était révélatrice. Lorsqu'elle était passée devant le café, elle l'avait regardée de la tête aux pieds sans le moindre soupçon de gêne ou d'inquiétude. De toute évidence, elle ne se sentait pas du tout menacée par le récent mariage de Sergios. Cela ne signifiait-il pas qu'il couchait toujours avec elle ?

Quant au premier mariage de Sergios, en lui confiant qu'il avait été désastreux, Nectarios n'avait fait que confirmer ses soupçons. Le fait qu'il n'y avait aucune photo de Krista dans la villa et que son nom n'était jamais prononcé suggérait que ce mariage avait été un échec. Cependant, bien que l'occasion se soit présentée plusieurs fois, Sergios ne lui en avait toujours rien dit.

Ce qui ne l'avait pas empêchée d'être merveilleusement heureuse tant qu'elle ignorait que Melita Thiarkis habitait à moins d'un kilomètre de chez eux. Après tout, depuis qu'ils avaient fait l'amour la première fois, Sergios avait toujours été très attentionné avec elle.

Mais comment savoir exactement ce que représentait pour lui sa relation avec Melita ? Il lui avait parlé de cette liaison avant même qu'ils se marient, en lui précisant qu'elle n'était pas négociable. Pas étonnant que la jeune femme soit aussi sûre d'elle !

En tout cas, il avait beau refuser de l'admettre, Sergios était bel et bien attiré par les blondes… Bee contempla avec amertume ses boucles brunes dans le miroir de la chambre et tenta de les imaginer dorées.

Mais se teindre les cheveux uniquement pour plaire à Sergios serait pathétique, non ? Sans doute. Mais, pathétique ou non, elle s'en moquait éperdument.

Il n'était pas exclu qu'elle revienne de Londres avec une superbe crinière blonde.

9.

— Je pensais te trouver au lit, déclara Sergios vers 23 heures ce soir-là, alors qu'il venait d'atterrir en hélicoptère.

La cravate desserrée et la mâchoire recouverte d'une barbe naissante, il avait les yeux creusés de cernes profonds.

— La journée a été longue et nous décollons très tôt pour Londres demain matin, ajouta-t-il d'une voix lasse.

Bee lui lança un regard surpris.

— Tu viens avec nous ?

— Bien sûr ! Je tiens à être présent pour l'opération d'Eleni. Tu ne l'avais pas compris ?

— Non.

Ravie de cette nouvelle, Bee résista à l'envie d'évoquer la présence de Melita sur l'île. Après tout, si la jeune femme avait une maison et de la famille à Orestos, elle avait le droit d'y séjourner. Ça n'avait peut-être rien à voir avec Sergios… Se berçait-elle d'illusions ? se demanda-t-elle en préparant un dîner léger dans la grande cuisine. Elle ne voyait pas l'utilité de déranger le personnel alors qu'elle était parfaitement capable de nourrir Sergios elle-même.

Il sortit de la salle de bains une serviette nouée sur les hanches et s'assit à la petite table qu'elle avait dressée pour lui dans la chambre. Les cheveux humides et rasé de près, il paraissait moins fatigué.

— Ça n'a pas été trop pénible ? demanda-t-elle d'une voix hésitante.

— C'est toujours pénible.

Il haussa les épaules, avant de poursuivre :

— Les parents de Krista gardent le souvenir d'une jeune femme que je n'ai jamais connue. A moins que la jeune femme dont ils parlent soit la fille imaginaire qu'ils auraient aimé avoir… En tout cas, elle n'a rien de commun avec la femme à qui j'ai été marié pendant trois ans.

— Je ne comprends pas…

— Krista était bipolaire et elle refusait de se soigner. Elle ne supportait pas les effets secondaires des médicaments. Je l'ignorais quand je l'ai épousée. Pour être honnête, je la connaissais à peine quand je l'ai demandée en mariage. J'étais jeune et stupide.

— Oh…

Bee était si ébranlée par cette révélation qu'elle ne trouva rien d'autre à dire. Sa première femme était atteinte de psychose bipolaire ? C'était une maladie grave mais pour laquelle il existait un traitement approprié.

— Je suis tombé amoureux et j'ai épousé Krista dans la foulée. J'avais du mal à croire que la fille de mes rêves était à moi. Malheureusement, le rêve a tourné au cauchemar. Comme elle ne prenait pas ses médicaments, elle oscillait en permanence entre la dépression et l'euphorie. Elle organisait régulièrement des fêtes très arrosées, et bien sûr elle se droguait. Elle s'est tuée au volant d'une de mes voitures. Elle est morte sur le coup.

— Je suis désolée, Sergios, murmura Bee, pleine

de compassion. Sincèrement désolée que tu aies vécu ça et que tu aies perdu ton enfant.

— Le bébé n'était pas de moi. Je ne sais pas qui était le père.

Sergios eut une moue amère.

— Il y avait longtemps que nous ne partagions plus le même lit.

— Tu aurais dû m'en parler plus tôt.

Bee ne pouvait s'empêcher d'être blessée. Il avait été éperdument amoureux de Krista… Dire qu'elle était convaincue qu'il ne savait pas aimer parce que ça ne lui était jamais arrivé ! Elle avait commis une grave erreur de jugement…

— Je me suis toujours senti coupable de la mort de Krista. J'aurais dû être capable de l'aider davantage.

— Qu'aurais-tu pu faire si elle refusait de se soigner ? fit valoir Bee en s'installant dans le lit. Ses parents n'avaient aucune influence sur elle ?

— C'était leur fille unique. Ils l'adoraient. Ils ne savaient pas lui dire non et ils refusaient d'admettre la gravité de ses problèmes. C'est moi qu'ils ont fini par tenir responsable de son état.

Tout en arpentant nerveusement la pièce, Sergios expliqua à Bee ce qu'était sa vie avec Krista. Lorsqu'il rentrait chez eux, dans leur appartement d'Athènes, il ne savait jamais à quoi s'attendre. Les scènes violentes alternaient avec les périodes de mutisme. Krista était toujours dans l'excès, qu'elle fasse la fête ou du shopping. Plusieurs fois, il l'avait trouvée au lit avec d'autres hommes, défoncée, parce qu'elle considérait la drogue comme plus efficace que les médicaments contre ses problèmes.

Les domestiques démissionnaient, les amis prenaient leurs distances, l'appartement était saccagé et des objets de valeur étaient volés. Pendant trois longues années, au cours desquelles il avait essayé tant bien que mal de prendre soin de sa femme, Sergios avait vécu un enfer. Son amour n'y avait pas survécu.

Pas étonnant qu'il ait été déterminé à faire un mariage de convenance qui ne lui coûterait rien d'autre que son soutien financier, songea Bee. Il avait eu beau consacrer toute son énergie à sauver son premier mariage, ce dernier avait été un échec cuisant. Trois années de souffrances et de trahisons lui avaient appris à ne plus s'attacher à personne.

— A présent tu sais pourquoi je ne parle jamais d'elle, déclara-t-il d'un air contrit en rejoignant Bee dans le lit. Je n'ai pas été à la hauteur.

— Krista était malade. Tu devrais lui pardonner et te pardonner à toi-même. Tu as fait de ton mieux et c'est déjà beaucoup.

Sergios effleura du bout des doigts les lèvres de Bee.

— Tu trouves toujours les mots pour réconforter les gens.

La gorge sèche, elle murmura :

— Tu trouves ?

— Quand Paris t'a demandé si sa mère était au ciel, tu lui as répondu oui, alors que tu sais parfaitement qu'elle était athée, *moli mou.*

— Elle y est peut-être quand même. Paris était inquiet. Il fallait le rassurer.

— J'aurais dû te parler de Krista depuis longtemps, mais je n'aime pas ça. J'ai le sentiment que ce n'est pas correct.

— Maintenant je comprends pourquoi. Et il est naturel que tu veuilles respecter sa mémoire.

Bee avait le nom de Melita sur le bout de la langue, mais elle ne put se résoudre à gâcher ce moment d'intimité.

— Si généreuse, si délicate…

Sergios se pencha sur elle et glissa la langue entre ses lèvres.

— Il faut bien qu'un de nous deux le soit, plaisanta-t-elle d'une voix rauque.

La langue de Sergios explora sa bouche. Elle répondit à son baiser avec ferveur, envahie par des sensations délicieuses. Il la débarrassa de sa chemise de nuit et lui caressa les seins avec une habileté consommée.

Traçant un sillon de baisers jusqu'à son triangle soyeux, il lui écarta les cuisses pour honorer du bout de la langue son sexe déjà humide. Puis il la fit pivoter sur le côté, referma les mains sur ses hanches et s'enfonça dans le cœur brûlant de sa féminité d'un coup de reins puissant. Avec un grognement de plaisir, il la plaqua contre lui et se mit à aller et venir entre ses reins tout en lui caressant les seins. La boule de feu qui enflait peu à peu en elle finit par exploser et elle se renversa en arrière contre lui en sanglotant de plaisir.

— Dors, murmura-t-il quelques instants plus tard à son oreille, les bras refermés sur son corps frémissant. Demain tu vas t'épuiser à te tracasser pour Eleni.

Qu'il la connaisse aussi bien faillit la faire pouffer, mais le plaisir l'avait privée de ses dernières bribes d'énergie. Ereintée, elle sombra dans le sommeil.

Bee passa sa première soirée à Londres avec sa mère, qui était à la fois excitée et angoissée à la perspective de partir bientôt pour la Grèce.

Le lendemain matin, Eleni fut admise à l'hôpital. Une infirmière et le chirurgien avaient déjà expliqué en détail à Bee le déroulement de l'opération, qui ne présentait pas de risques particuliers et devait durer moins d'une heure. Cependant, elle ne pouvait s'empêcher de s'inquiéter pour la petite fille. Pourvu qu'elle ne souffre pas trop à son réveil… Elle était si fragile…

— Nous avons déjà discuté de tout ça, rappela Sergios d'une voix apaisante. Les risques liés à l'intervention sont infimes et Eleni s'en remettra très vite. Il est possible qu'elle n'ait aucun effet sur son audition, mais de toute façon il fallait essayer.

Berçant la petite fille dans ses bras, Bee refoula ses larmes. Elle n'avait pas à regretter leur décision, se répétait-elle. L'opération représentait la meilleure solution pour Eleni.

— Je sais, mais elle est si petite et si confiante…

— Comme toi quand tu m'as épousé, plaisanta Sergios. Tu n'avais aucune idée de ce qui t'attendait mais finalement ça ne se passe pas trop mal, n'est-ce pas ?

— Repose-moi la question dans un an.

— Charmant ! s'exclama-t-il d'un ton faussement indigné. C'est bien la peine que je fasse autant d'efforts pour être un mari parfait !

Bee accompagna Eleni jusqu'à la porte de la salle d'opération, puis elle attendit dans le couloir avec Sergios. A sa grande surprise il s'était rendu disponible pour toute la journée. Il sortit plusieurs fois de l'hôpital pour passer des coups de téléphone et une assistante lui apporta des documents à signer. Cependant, ça lui ressemblait si peu de faire passer son travail au second plan qu'elle lui était très reconnaissante de son soutien.

L'opération ne dura pas très longtemps et ils furent informés qu'elle s'était déroulée sans problème. Bee s'assit au chevet d'Eleni. La petite fille reprenait déjà conscience et elle ne souffrait visiblement pas. Rassurée par la présence de Bee, elle s'endormit rapidement. Une des nurses arriva pour relayer Bee, pendant que Sergios l'emmenait déjeuner.

— Tu es épuisée. Pourquoi est-ce que j'emploie une équipe de nurses si tu te retrouves dans cet état ? Rentre à la maison avec moi, demanda Sergios quand Bee commença à piquer du nez dans son assiette.

Elle tressaillit.

— Il faut que je sois là si Eleni se réveille. Il y a un lit pour moi dans la chambre. Je ne passerai pas une nuit blanche.

— De temps en temps, tu devrais penser à toi d'abord.

Bee sentit son estomac se nouer. Tiendrait-il le même raisonnement pour lui-même si l'envie lui prenait de chercher l'aventure ailleurs que dans le lit conjugal ? Cela lui était-il déjà arrivé ? Avait-il couché avec Melita pendant leur séjour à Orestos ? Elle déglutit péniblement. Il fallait qu'elle en discute avec lui. Pourquoi ne l'avait-elle pas encore fait ? S'imaginait-elle vraiment qu'il y aurait un jour un *bon* moment pour une discussion aussi pénible ?

Mais l'hôpital n'était pas le lieu idéal. D'autant plus qu'elle n'avait pas envie d'aborder ce sujet n'importe comment. Elle devrait préparer soigneusement ce qu'elle dirait. Et qu'elle le dise calmement. Pas question de se mettre à hurler ni de fondre en larmes. Il fallait à tout prix qu'elle reste digne.

Après tout, sa dignité serait peut-être la seule chose qui lui resterait une fois la confrontation terminée. Continueraient-ils à partager le même lit après cette conversation ? Rien n'était moins sûr…

— Qu'est-ce qui ne va pas ? demanda Sergios. Tu as l'air perdu. Eleni n'aura pas de problèmes. Arrête de te tourmenter. C'était une opération simple et elle s'est bien passée.

— Je sais… Excuse-moi. C'est la fatigue.

Allons bon, elle n'imaginait pas qu'il lisait aussi bien sur son visage ! Oui, elle était tourmentée. Mais heureusement il ne pouvait pas deviner que c'était par la jalousie… Melita était une femme *très* sexy. Tous les hommes présents, de quinze à quatre-vingts ans, l'avaient dévorée des yeux quand elle était passée devant la taverne.

Alors que de son côté il avait fallu qu'elle se déhanche à moitié nue autour d'une barre de *pole dance* pour éveiller le désir de son mari…

Bee était de retour au chevet d'Eleni quand son portable vibra silencieusement à la réception d'un texto. Elle le sortit de sa poche en réprimant un soupir. Encore Jon Townsend ? Ayant appris qu'elle venait à Londres, il lui avait demandé de déjeuner avec lui et plusieurs responsables de l'association. Déterminée à rester entièrement disponible pour Eleni, elle s'était dérobée.

Non, ce n'était pas Jon qui lui avait envoyé un texto…

> Suis à Londres. Aimerais vous voir *en privé*. Melita.

Bee fixa son téléphone avec effarement, comme s'il venait de lui sauter à la figure pour la mordre. La maîtresse de son mari voulait la voir ? Etait-ce sérieux ? Mais qui pourrait lui envoyer un faux texto en se faisant passer pour Melita ? Bee secoua la tête. En admettant que ce soit bien Melita, comment avait-elle eu son numéro de portable ? L'avait-elle trouvé dans celui de Sergios ? C'était l'explication la plus probable. Et la plus consternante… Elle venait de changer de numéro. Ce qui tendrait à prouver que Sergios et sa maîtresse s'étaient vus tout récemment…

Cette nuit-là, Eleni dormit comme une souche, mais

Bee eut beaucoup de mal à trouver le sommeil. Sergios passa les voir en début de matinée avant d'aller au bureau. Bee se trouvait dans le couloir et les murmures admiratifs que le passage de son mari déclencha parmi les infirmières ne lui échappèrent pas. Vêtu d'un costume anthracite qui mettait en valeur sa silhouette athlétique, Sergios était superbe. Très impressionnée également, Eleni lui tendit les bras avec un cri joyeux quand il franchit la porte de sa chambre.

Un sourire étrange aux lèvres, il posa le paquet qu'il avait à la main et la prit dans ses bras en lui parlant en grec. Pour la première fois, la petite fille répondit en fixant sur lui ses grands yeux noirs. Les mots étaient hésitants et la grammaire inexistante, mais c'était une réaction qu'elle n'aurait jamais eue avant l'opération.

— J'ai remarqué qu'elle était plus attentive à mes paroles dès qu'elle s'est réveillée ce matin, déclara Bee d'un ton qu'elle espérait enjoué. Il est évident qu'elle entend mieux. Et son regard ne reste plus dans le vague quand on lui parle.

Bee aida Eleni à ouvrir le paquet que Sergios avait apporté et approcha la table de lit pour qu'elle puisse y poser le puzzle qu'il contenait. Une infirmière passa la tête par la porte et leur proposa une tasse de café.

— Par pour moi, merci, répondit Sergios. Je ne peux pas rester, j'ai une réunion.

— Si le médecin juge son état satisfaisant, Eleni sortira en début d'après-midi, annonça Bee.

— Parfait. Tu as manqué aux garçons, hier soir.

Elle eut un pincement au cœur. Et à lui ? Lui avait-elle manqué ? Comme elle aimerait qu'il le lui dise ! Malheureusement, il n'y avait aucune chance. Sergios n'exprimait jamais le moindre sentiment. Elle aimait un homme qui ne lui dirait jamais « je t'aime ». Et pour cause ! Pourquoi se contenterait-il de son épouse quand il avait une femme comme Melita et de nombreuses autres maîtresses très discrètes à sa disposition ?

Il était à la fois extrêmement séduisant et immensément riche. Toutes les femmes étaient à ses pieds et il n'y avait aucune raison pour que ça change. C'était une réalité qu'il fallait à tout prix qu'elle accepte. Comment allait-elle y parvenir ? Elle n'en avait aucune idée. Rencontrer Melita Thiarkis serait sans doute une première étape judicieuse dans ce sens.

A peine Sergios reparti, Bee envoya un texto à la jeune femme pour fixer un rendez-vous. Qu'avait-elle à perdre ? Sergios n'apprécierait pas du tout qu'elles se rencontrent, mais quelle importance ? Il ne le saurait jamais, non ? Melita répondit aussitôt en lui proposant de la retrouver au bar de son hôtel, à Chelsea, en milieu de matinée. Mieux valait éviter d'avoir une conversation aussi délicate dans un lieu public, décida Bee. Elle répondit qu'elle préférait monter dans la chambre.

Comme elle aimerait avoir toute sa garde-robe sous la main ! Ce serait tellement plus rassurant d'affronter Melita dans une tenue élégante qui lui donnerait un semblant d'assurance…

Malheureusement, elle devrait se rendre au rendez-vous directement de l'hôpital. Mais quelle importance, après tout ? se dit-elle, irritée contre elle-même. Depuis quand avait-elle des réactions aussi superficielles ? C'était d'autant plus ridicule qu'elle n'avait aucune chance de surpasser une professionnelle de la mode en élégance !

Bee se rafraîchit, puis elle se mit en route après avoir confié Eleni à sa nurse et informé ses deux gardes du corps qu'elle n'avait pas besoin d'eux.

A l'hôtel, la réceptionniste lui indiqua tout de suite le numéro de chambre de Melita au premier étage. Elle eut à peine le temps de frapper une fois. La porte s'ouvrit aussitôt sur la jeune femme, qui lui parut beaucoup trop habillée pour la circonstance avec sa veste cintrée dégageant le décolleté, sa jupe moulante et ses talons aiguilles vertigineux.

— Beatriz… Je vous suis très reconnaissante d'avoir accepté de venir. Mais il vaut mieux ne pas en parler à Sergios. Les hommes détestent qu'on discute derrière leur dos.

10.

De toute évidence, la maîtresse de son mari appréhendait davantage qu'elle les conséquences éventuelles de cette rencontre, nota Bee avec satisfaction. Pour sa part, elle n'avait pas encore décidé si elle la cacherait à Sergios ou non. Elle n'avait donc rien à répondre à Melita.

Une cafetière attendait dans la luxueuse chambre entièrement décorée de noir et de blanc. Melita s'assit en face de Bee, ce qui ne fut pas une tâche aisée en raison de ses talons aiguilles et de sa jupe noire si serrée qu'elle semblait sur le point de craquer.

— Je pensais que Sergios ne se remarierait jamais, déclara-t-elle d'une voix suave. Mais nous sommes adultes. Il n'y a aucune raison que nous n'ayons pas des relations… cordiales.

« Si, une, répondit Bee intérieurement. Si vous couchez avec mon mari, je risque d'essayer de vous tuer. »

— Sergios et moi nous sommes très proches depuis de nombreuses années, poursuivit la jeune femme avec un petit sourire suffisant.

Impassible, Bee feignit de boire une gorgée de café brûlant avant de répliquer d'un ton neutre :

— Je l'avais deviné.

— Mais rassurez-vous, je n'ai pas l'intention d'empiéter sur votre territoire. Je n'ai jamais eu envie de me marier ni d'avoir des enfants. Je ne convoite donc pas votre place.

— Cependant, vous convoitez Sergios, s'entendit déclarer Bee malgré elle.

— Quelle femme ne le convoite pas ? Mais il n'y a pas de raison que nous ne puissions pas le partager.

— Juste une seule. Je ne partage pas.

— Est-ce une déclaration de guerre ?

Bee haussa les épaules.

— Vous pouvez l'interpréter comme vous voulez. Pourquoi teniez-vous tant à me voir ?

— Je voulais vous assurer que je n'ai aucune envie de nuire à votre mariage. Sergios a besoin d'une épouse qui s'occupe de ses maisons et de ses enfants. Naturellement, je n'ignore pas que c'est un mariage de… comment dire…

Melita eut une moue faussement confuse.

— … de convenance.

— Oh… c'est ce qu'il vous a dit ? s'exclama Bee avec un talent de comédienne qu'elle ne se connaissait pas. Mais il est vrai que les hommes ont parfois du mal à dire les choses. En réalité, notre mariage n'est pas du tout un mariage de convenance.

— Si vous voulez dire que Sergios couche avec vous, je m'y attendais. Après tout, vous êtes disponible vingt-quatre heures sur vingt-quatre et c'est un homme. *Très* viril, ajouta Melita d'un air entendu avec des étoiles dans les yeux.

Prise de nausée, Bee faillit se précipiter dans la salle de bains. Imaginer Melita nue dans les bras de Sergios était insupportable ! Quant à se considérer elle-même comme un substitut sexuel… un succédané prêt à consommer quand le produit de qualité supérieure n'était pas à portée de main !

— Vous êtes consciente que votre mari couche avec moi dès qu'il en a l'occasion, j'espère ?

Jetant le masque, Melita darda sur Bee un regard dédaigneux.

— Il a même passé votre nuit de noces avec moi. Et sachez que je ne renoncerai jamais à lui !

Bee se leva.

— Je crois qu'il vaut mieux arrêter là les confidences. Si vous reprenez contact avec moi, j'avertirai Sergios.

— Je vous interdis de me menacer ! hurla Melita.

Bee quitta la chambre et ne recommença à respirer qu'une fois dans l'ascenseur. Sergios couchait toujours avec sa maîtresse. C'était chez elle qu'il avait passé leur nuit de noces. Pourquoi en était-elle aussi bouleversée ? Que s'était-elle imaginé ? Qu'un homme comme lui s'achèterait une conduite sous prétexte qu'il avait fait un mariage de convenance ? Quelle absurdité ! Il n'en avait jamais été question.

Avant de l'épouser il l'avait prévenue qu'il avait une maîtresse. Il lui avait précisé dès le début qu'il était hors de question qu'il renonce à cette liaison. Mais elle avait choisi d'ignorer cet avertissement tout en laissant leur mariage prendre un tour beaucoup plus personnel que prévu. Quelle idiote !

Bee quitta l'hôtel en proie à une profonde détresse. Impossible de retourner à l'hôpital dans cet état… Pas question non plus d'aller voir sa mère. Son portable sonna. Elle consulta l'écran et soupira. Jon Townsend ! Malgré tout soulagée par cette diversion, elle répondit. Il lui proposa de déjeuner chez lui avec la conseillère en communication de l'association. Elle accepta.

C'était un endroit où se réfugier pendant quelques heures. Au moment où son univers venait de basculer dans le chaos, c'était inespéré… Elle monta dans un bus, trop absorbée dans ses pensées pour se rendre compte qu'elle était suivie.

Sergios avait annulé plusieurs rendez-vous et quitté son bureau pour retrouver Beatriz à l'hôpital. En apprenant qu'elle était allée voir Melita, il avait été atterré. Pourquoi ? Comment ? Quand ce rendez-vous avait-il été pris ? Qu'avait-il fait pour mériter ça ? Déjà hors de lui, il vit rouge en recevant le deuxième coup de téléphone du garde du corps de Beatriz. Elle venait de se rendre chez un certain Jon Townsend ?

— Beatriz…

Dès qu'elle franchit le seuil de l'appartement, Bee regretta d'avoir accepté l'invitation. Jon était seul, la conseillère en communication étant bloquée dans un embouteillage. L'accueil chaleureux de son hôte accrut son embarras.

Tout en mangeant sa salade du bout des dents, Bee tenta pour la troisième fois de ramener la conversation sur l'association caritative. Pourquoi Jon insistait-il pour remuer les souvenirs du passé ?

— Nous étions tellement proches, déclara-t-il avec un petit soupir nostalgique.

— Pas autant que je le pensais à l'époque. En fait, nous étions surtout très jeunes, fit-elle valoir d'un ton léger.

— J'ai compris trop tard à quel point tu comptais pour moi. Je t'avais déjà perdue.

— Ça arrive.

Elle esquissa un sourire poli.

— Si tu avais été heureux avec moi, tu ne serais pas allé voir ailleurs.

Il lui prit la main. Au comble de l'exaspération, elle la dégagea d'un geste brusque.

— J'ai commis une grave erreur et je le regrette encore aujourd'hui. Avec Jenna, je…

— Excuse-moi, mais ce n'est pas pour parler de ça que je suis venue.

— Je suis sûr que si je t'explique…

— Tu perds ton temps ! J'aime mon mari. Et maintenant je dois partir. Il faut que je retourne à l'hôpital.

Alors que Bee se levait, imitée par Jon, un coup de sonnette retentit, strident et prolongé.

— Dommage que ta conseillère arrive si tard, ironisa Bee.

— Il n'a jamais été question qu'elle vienne ! lança Jon avec humeur. C'était une ruse.

— Bien sûr… Sergios avait raison. Je suis trop confiante.

Jon ouvrit la porte d'un geste rageur et le cœur de Bee fit un bond dans sa poitrine. Sergios ?

— Que fais-tu ici ? demanda-t-elle d'une voix étranglée. Comment as-tu su où j'étais ?

Ignorant ses questions, Sergios darda un regard meurtrier sur Jon.

— Pourquoi ma femme vient-elle de dire que j'avais raison et qu'elle était trop confiante ?

— Je plaisantais, s'empressa-t-elle d'intervenir.

Ce piège stupide l'avait horripilée, mais ce n'était pas une raison pour laisser Sergios frapper Jon ! Ce qu'il était à deux doigts de faire…

— Je plaisantais, répéta-t-elle. Nous discutions de l'organisation d'un gala de charité et…

Sergios la saisit par le poignet et la tira hors de l'appartement. Puis il se tourna vers Jon, l'air menaçant.

— Laissez ma femme tranquille. Ce qui est à moi est à moi seul. Essayez de ne pas l'oublier.

« Ce qui est à moi est à moi seul. » Bee aurait souligné l'ironie de cette déclaration si elle n'avait pas été outrée par son aspect sexiste. Mais de toute façon Sergios ne lui laissa pas le temps de réagir.

— Que faisais-tu chez Townsend, en tête à tête avec lui ? demanda-t-il, en l'entraînant dans l'ascenseur.

Assaillie par l'image de Melita et de son sourire suffisant, Bee réprima un haut-le-cœur.

— Ça ne te regarde pas.

— Que faisais-tu chez lui ?

— Il faut aller chercher Eleni, éluda-t-elle d'un ton glacial.

— Elle est sortie il y a une heure. J'ai dit à Karen de la ramener à la maison.

— Oh !

Bee suivit Sergios jusqu'à la limousine, écrasée de remords. Elle avait raté la sortie de la petite fille. Depuis sa rencontre avec Melita, elle était complètement déboussolée… L'homme qu'elle aimait avait une maîtresse avec qui il couchait régulièrement et à laquelle il n'avait pas l'intention de renoncer. Comment réagir ? Avait-elle vraiment envie de s'abaisser à discuter de Melita avec Sergios ? Etait-elle prête à prendre le risque de dévoiler les sentiments qu'elle éprouvait pour lui ?

Ou bien préférait-elle la solution la plus raisonnable ? Tourner la page en imposant à Sergios de faire chambre à part. Il était hors de question de le partager avec Melita. Si elle s'écoutait elle le quitterait. Malheureusement, elle s'était engagée à long terme, pour les enfants. Comment se résoudre à les laisser tomber ? Sergios lui avait dit un jour qu'elle n'était pas du genre à fuir ses responsabilités. Sur ce point il avait raison. Lorsqu'elle prenait un engagement elle le respectait, quoi qu'il lui en coûte.

Mais, cette fois, en serait-elle capable ? Aurait-elle le courage de continuer à vivre avec Sergios en sachant qu'il voyait régulièrement Melita ? Bee eut l'impression qu'une poigne de fer lui broyait le cœur. Ils avaient partagé des moments si merveilleux ensemble… Renoncer à la complicité qui s'était installée entre eux et prendre ses distances lui demanderaient des efforts surhumains. Serait-elle capable de considérer un jour Sergios comme un simple employeur ? Elle jeta un coup d'œil à son visage aimé et sa gorge se noua. Non, elle n'était pas sûre d'avoir la force de tenir son engagement et de survivre aux sacrifices que cela lui demanderait…

Désormais ce serait Melita qu'il embrasserait au réveil, Melita qu'il emmènerait dîner au restaurant, Melita à qui il offrirait des cadeaux… Comment accepter ça ? Cette relation, qui était devenue essentielle pour elle, n'avait visiblement jamais rien signifié pour lui. Transpercée par une souffrance intolérable, Bee étouffa un sanglot.

Au même instant, la limousine s'arrêta. Ecrasée de désespoir, elle ouvrit aussitôt la portière pour descendre. Et se figea. Ils n'étaient pas devant l'hôtel particulier mais au pied d'un immeuble qu'elle ne connaissait pas.

— Où sommes-nous ?

— Je possède un appartement ici.

— Oh… Vraiment ? lança-t-elle sèchement.

Etait-ce là qu'il avait passé leur nuit de noces en compagnie de sa maîtresse ? Nul doute qu'il n'avait pas été obligé d'encourager Melita à porter de la lingerie sexy. Elle y avait sûrement pensé toute seule !

Mais, de son côté, avait-elle sérieusement songé à se faire teindre les cheveux en blond ? Avait-elle vraiment été pathétique à ce point ? Où étaient passées sa dignité et son indépendance ? L'amour les avait anéanties… Dans l'ascenseur qui conduisait à l'appartement inconnu, elle se fustigea. L'amour l'avait rendue stupide et superficielle. Elle avait été prête à tout pour garder Sergios… Y compris à se faire teindre en blonde !

Mais comment avait-elle pu croire un seul instant qu'elle avait la moindre chance de le séduire durablement ? Pour imaginer que l'union de la très quelconque Bee Blake et du sublime Sergios Demonides pouvait devenir autre chose qu'un mariage de convenance, il fallait croire aux miracles. Et elle avait tellement eu envie d'y croire qu'elle s'était raconté un conte de fées…

En proie à un abattement profond, Bee précéda Sergios dans un vaste salon sobrement décoré, dans lequel régnait l'atmosphère particulière des lieux qui ne sont pas habités en permanence.

— Alors c'est ici que toi et Melita…

— Pas du tout, coupa Sergios. C'est ici que mon grand-père habite quand il vient à Londres. Il tient à son indépendance. Cet appartement appartient à la société. Melita n'y a jamais mis les pieds.

Epuisée par les efforts qu'elle faisait pour tenter de masquer son désarroi, Bee feignit de s'intéresser à la vue pour tourner le dos à Sergios.

— Je suis prêt à tout pour te garder, déclara-t-il d'un ton crispé. J'espère que tu apprécies le fait que je n'ai pas massacré Townsend comme j'en mourais d'envie.

— Par moments, tu as des réactions d'homme des cavernes.

Elle secoua la tête. C'était incroyable ! Comment pouvait-il se montrer aussi possessif alors que leur mariage ne représentait rien pour lui ? S'il voulait la garder c'était pour les enfants, bien sûr. Ils étaient attachés à elle et c'était réciproque. Il allait bien falloir trouver un compromis. Une solution magique qui lui permettrait de rester l'épouse de Sergios sans mourir de chagrin…

— Regarde-moi, demanda-t-il d'un ton pressant.

— Je n'en ai pas envie, répondit-elle avec sincérité tout en se retournant quand même.

Sa gorge se noua. Si seulement il n'était pas aussi irrésistible ! Malgré tous les griefs qu'elle avait contre lui, elle ne pouvait pas s'empêcher d'être chavirée chaque fois qu'elle le regardait.

— Voilà qui est mieux, murmura-t-il en scrutant son visage d'un regard pénétrant qui la mit mal à l'aise.

— Pourquoi m'as-tu amenée ici ?

— Si nous devons nous disputer, je ne veux pas que les enfants nous entendent.

— Bien sûr, tu penses à tout !

— Je suis prêt à tout pour te garder.

— Tu l'as déjà dit.

— Oui, et c'est la première fois que je dis ça à quelqu'un.

Bee réprima une moue désabusée. Il voulait tout. Sa maîtresse et sa femme. Un duo qu'il considérait nécessaire à son bien-être. Les sentiments n'avaient rien à voir avec cette conviction. Si seulement elle était comme lui ! Elle sentit des larmes perler à ses paupières et écarquilla les yeux pour tenter de les retenir. Elle ne devait à aucun prix pleurer devant lui !

— Si nous restons ici, j'aimerais bien m'allonger quelques instants, dit-elle abruptement.

— Bien sûr.

Sergios traversa le salon et ouvrit une porte qui donnait sur un couloir. Il la conduisit jusqu'à la chambre et rabattit la couette pour qu'elle puisse se coucher. Il y avait dans ses yeux une lueur inquiète qu'elle n'y avait jamais vue… Se pourrait-il qu'il soit perturbé lui aussi ? se demanda-t-elle avec perplexité.

— Tu veux boire quelque chose ?

— Un cognac, répondit-elle sans réfléchir.

Elle avait lu quelque part que c'était un excellent remontant en cas de choc émotionnel… Mais peut-être pas si indiqué que ça dans les circonstances présentes. L'alcool n'avait-il pas tendance à favoriser les états dépressifs ? Elle n'avait vraiment pas besoin de ça !

Sergios quitta la pièce et revint quelques instants plus tard avec un grand verre à moitié rempli de cognac.

— Tu veux me soûler ? protesta-t-elle.

— Tu as une mine épouvantable. Tu es toute pâle et tu as les traits tirés. Bois.

— Je ne peux pas vivre comme ça…

Ces mots échappèrent à Bee avant qu'elle ait le temps de les retenir. Sergios s'agenouilla devant elle et approcha le verre de ses lèvres.

— Bois.

— Ça va me rendre malade.

— Je ne pense pas.

La main de Sergios tremblait légèrement, constata-t-elle, de plus en plus perplexe. Elle but une gorgée. L'alcool lui brûla la gorge et la fit tousser. Son regard croisa celui de Sergios. La lueur inquiète était de plus en plus visible…

— Mais enfin qu'est-ce que tu as ? s'exclama-t-elle, soudain agacée. Tu fais une de ces têtes !

Il se redressa d'un bond.

— Ça t'étonne ? D'abord tu vas voir mon ex-maîtresse, et ensuite tu te précipites chez ton ex, qui est visiblement prêt à tout pour te récupérer ! Ce n'est pas exactement la journée de mes rêves… Et j'aimerais comprendre ce qui se passe !

Son ex-maîtresse ? Bee faillit s'étrangler. Avait-il l'intention d'esquiver le problème en lui mentant ? Allait-il prétendre que sa liaison avec Melita était terminée ? Elle but une nouvelle gorgée de cognac.

— Pourquoi es-tu allée voir Melita ? Qu'est-ce qui t'a pris ?

— C'est elle qui m'a demandé d'aller la voir.

— C'est *elle* qui t'a demandé… ?

Bee releva le menton.

— Oui. Et j'étais curieuse. Forcément. Je l'ai vue à Orestos la semaine dernière.

— Nectarios m'en a parlé, mais j'espérais que tu n'avais pas compris qui c'était.

— Je ne suis pas stupide !

— Si tu penses que je continue à voir Melita depuis que nous sommes mariés, si. Tu es stupide.

— Elle m'a dit que tu couchais avec elle dès que tu en avais l'occasion.

Sergios écarquilla les yeux.

— Je n'aurais pas cru ça d'elle. Nous nous sommes quittés en bons termes, du moins c'était ce que je pensais.

— Quand l'as-tu vue pour la dernière fois ?

— Il y a environ six semaines, à Athènes. Sans coucher avec elle. Comme je viens de te le dire, je ne l'ai pas touchée depuis que nous sommes mariés.

Bee laissa échapper un petit rire amer.

— Comment veux-tu que je te croie ? Avant le mariage, tu m'as prévenue que tu n'avais pas l'intention de renoncer à elle !

— Parce qu'à l'époque je la voyais régulièrement, en effet. Mais ce n'était pas une relation sentimentale. Je finançais sa maison de couture, elle partageait mon lit. Point. Elle voyageait beaucoup et je pouvais lui donner rendez-vous n'importe où dans le monde. C'était plus simple que d'avoir à m'adapter à des femmes différentes, expliqua Sergios avec une moue contrite.

» Je la connais depuis longtemps. J'ai financé sa première collection parce qu'elle était originaire d'Orestos. Nous avons fini par coucher ensemble après la mort de Krista. J'ai été séduit par sa désinvolture parce qu'à l'époque je ne voulais surtout pas d'une relation sérieuse.

— Si c'est terminé, pourquoi a-t-elle menti ?

— Elle pensait sans doute que si elle parvenait à nous brouiller je reviendrais vers elle.

Sergios crispa la mâchoire.

— Je ne m'attendais vraiment pas à ce genre de réaction de sa part. Je lui ai fait don d'une importante somme d'argent à la fin de notre liaison. Elle devrait s'estimer heureuse !

— Elle m'a dit que tu étais avec elle pendant notre nuit de noces.

Sergios soupira.

— Encore un mensonge. C'était prévu, mais j'ai annulé.

— Tu es sorti, pourtant.

— Je suis allé au casino. J'ai joué à la roulette en buvant des verres. Ça m'embarrassait d'aller la voir. Je sais bien que notre mariage n'était pas censé en être vraiment un, mais passer cette nuit-là avec elle… Ç'aurait été irrespectueux.

— Irrespectueux ? répéta Bee d'une voix rauque en scrutant le visage de Sergios.

Serait-il sincère ? Son air gêné semblait l'indiquer…

— Je te jure que je n'ai plus aucune relation avec Melita. Et si je dois la traîner jusqu'ici pour l'obliger à le reconnaître devant toi, je le ferai.

— Elle ne viendra pas.

— Oh si ! Il suffit que je la menace d'annuler la

donation. Elle a pris l'engagement formel de rester discrète sur notre relation passée et de garder ses distances avec toi. Le moins qu'on puisse dire c'est qu'elle ne l'a pas respecté !

Melita tenait absolument à ce que Sergios ne sache rien de leur rencontre, se rappela Bee. Pas étonnant, si la donation qu'elle avait reçue dépendait de sa discrétion…

— Je crois que je commence à te croire.

Peut-être faisait-elle preuve d'une crédulité affligeante, mais jusque-là elle n'avait jamais surpris Sergios à mentir, admit-elle. En fait, il avait une plus grande propension à la franchise brutale qu'à la dissimulation…

— Dieu merci ! murmura-t-il en grec.

— Mais je ne comprends pas pourquoi tu m'as prévenue avant le mariage que tu tenais à garder Melita comme maîtresse… pour rompre avec elle quelques semaines plus tard.

Sergios laissa échapper un grognement de frustration.

— Parce que je n'avais plus besoin d'elle puisque j'étais avec toi !

— Oh…

Bee ne trouva rien d'autre à dire. Etait-ce vraiment aussi simple que ça pour lui ? Il avait découvert le sexe avec sa femme et il avait estimé que c'était un substitut acceptable ? Oui, apparemment c'était aussi simple que ça. Pas follement romantique, mais après tout… Quel soulagement de savoir qu'il ne l'avait pas trompée avec Melita ! Mais pourquoi avait-elle la tête qui tournait ? Le cognac, peut-être…

— Je ne peux plus me passer de toi, *yineka mou.*

— Vraiment ?

— Je n'ai jamais regardé une autre femme depuis que je t'ai épousée. Et ça ne m'arrivera plus jamais.

Je le sais. Tu veux bien rentrer à la maison avec moi, maintenant ?

En proie à une douce euphorie, Bee laissa échapper un petit rire joyeux.

— Explique-moi d'abord comment tu as su où j'étais allée cet après-midi.

— Tes gardes du corps savent qu'ils ne doivent pas t'écouter quand tu essaies de te débarrasser d'eux. Ils t'ont suivie. Que voulait Townsend ?

— Moi, apparemment. Mais je ne suis pas intéressée. Je lui ai dit que…

Bee se mordit la lèvre.

— Je lui ai dit que je m'étais attachée à toi.

— C'est vrai ?

Sergios s'assit sur le lit et lui cala une mèche de cheveux derrière une oreille d'un geste tendre.

— Moi aussi, je me suis attaché à toi.

— Je parlais surtout d'un point de vue sexuel, bien sûr, précisa Bee d'un ton délibérément désinvolte.

— Eh bien…, il est vrai que tu as des seins fabuleux. Je dois reconnaître à ma grande honte que c'est la première chose que j'ai remarquée le soir où j'ai fait ta connaissance. Il est vrai également que… le courant passe plutôt bien entre nous.

Sergios eut un sourire malicieux.

— Mais tu t'es arrangée pour attirer mon attention sur de nombreuses autres qualités. Tu es loyale, intelligente, affectueuse… Avec toi, je ne m'ennuie jamais. Quand je suis en colère ou stressé, tu m'apaises. Tu sais écouter mais tu sais aussi défendre ton point de vue avec vigueur. Et je ne parle même pas de la façon merveilleuse dont tu t'occupes des enfants, parce que notre mariage ne se limite plus à ça…

Le cœur de Bee se mit à battre la chamade.

— C'est vrai ?

— Bien sûr. Au début, je considérais notre mariage comme un accord, un partenariat.

— Et maintenant, comment le vois-tu ? demanda-t-elle dans un souffle.

Il l'enveloppa d'un regard plein de tendresse.

— Comme la plus grande chance de ma vie. Je suis fou de toi, Beatriz. En m'apprenant l'amour et la confiance, tu m'as fait le cadeau le plus précieux du monde.

— Tu es fou de moi ?

— Je t'aime à la folie.

Bee se jeta au cou de Sergios et le serra à l'étouffer.

— Je n'étais pas tout à fait sincère quand j'ai dit que je m'étais attachée à toi.

— C'est bien ce que j'espérais, *agape mou*.

— Moi aussi, je t'aime à la folie ! Même si j'ai parfois du mal à comprendre pourquoi, ajouta-t-elle avec un sourire malicieux.

Sergios pouffa.

— Ne cherche pas trop à comprendre, surtout ! Tu risquerais de changer d'avis.

— Reconnais qu'au début tu étais plutôt désagréable.

— C'est vrai. Mais reconnais que depuis un certain temps je fais des efforts. Et je n'ai pas l'intention de m'arrêter.

— Promis ?

— Promis. Je t'aime, Beatriz. Je suis prêt à tout pour te rendre heureuse.

Des larmes de joie perlèrent aux paupières de Bee. La sincérité de Sergios était flagrante. Elle se lisait dans ses yeux, sur son visage… Leur mariage n'était pas menacé. Mieux encore, son rêve était devenu réalité… Sergios l'aimait !

— J'aurais dû me douter que j'étais mal parti, le jour où j'ai acheté ta robe de mariage, confia-t-il avec un petit rire contrit.

— Que faisais-tu à un défilé de mode ?

Une ombre furtive dans le regard de Sergios donna à Bee la réponse à sa question.

— Tu étais là-bas avec Melita ? Et ça ne t'a pas empêché d'acheter ma robe de mariée ? s'exclama-t-elle avec incrédulité.

Il eut une moue de petit garçon pris en faute.

— Quand je l'ai vue, je t'ai tout de suite imaginée dedans. Je sais bien que ce n'était pas très délicat de ma part, mais je n'ai pas pu résister à la tentation de te voir la porter.

Comment lui en vouloir ? songea Bee. C'était si touchant de savoir qu'il était déjà attiré par elle avant le mariage…

— Pourtant, nous pensions l'un et l'autre que je serais une employée plutôt qu'une épouse.

— Eh oui, moi aussi je peux être stupide.

— Ne bouge pas ! Je vais chercher un Dictaphone pour enregistrer cette déclaration ! ironisa Bee en riant.

— Oui, j'ai été stupide. Aveuglé par des principes idiots alors que j'ai été irrésistiblement attiré par toi dès le premier soir.

— Tu avais des circonstances atténuantes. Ton mariage avec Krista t'avait laissé des cicatrices.

— Oui, j'avais été échaudé et j'étais devenu allergique à l'idée de couple. Et puis, peu à peu, tu m'as ouvert les yeux. J'ai fini par prendre conscience que je te voulais dans mon lit et dans ma vie. Rien que toi. Pour toujours.

Sergios déposa un baiser furtif sur les lèvres de Bee.

— J'aurais dû te dire que j'avais rompu avec Melita,

mais je n'en voyais pas l'utilité. Pour moi la page était définitivement tournée.

— Et moi qui pensais que tu nous voulais toutes les deux.

A la grande surprise de Bee, Sergios éclata de rire.

— Je n'ai jamais été stupide à ce point ! J'ai toujours su que mon épouse était trop entière pour accepter ce genre de compromis…

Bee se mordit la lèvre.

— Il faut quand même que je t'avoue quelque chose. Quand j'ai vu Melita, j'ai été confortée dans l'idée que tu étais surtout attiré par les blondes. Et pendant… un certain temps j'ai envisagé de me faire teindre les cheveux.

Sergios poussa un grognement effaré et plongea les doigts dans son épaisse crinière brune.

— Quelle horreur ! Ne fais jamais ça, par pitié !

Sur ces mots, il renversa Bee sur l'oreiller et s'empara de sa bouche dans un baiser fougueux.

— Puisque nous sommes ici, autant en profiter…

— Oh oui !

Après avoir fait l'amour avec passion, ils restèrent un long moment enlacés, comblés et heureux.

Dans la limousine, sur le chemin du retour, Sergios regarda Bee d'un air embarrassé et déclara abruptement :

— Je me disais que dans quelques mois nous pourrions peut-être envisager d'avoir un enfant.

— Pourquoi pas ? rétorqua-t-elle d'un ton pince-sans-rire. Un de plus, un de moins…

Il eut une moue contrite.

— Je suppose que je mérite cette pique… Mais j'ai

changé. Aujourd'hui, j'ai vraiment envie d'avoir un enfant avec toi.

— Présenté comme ça, je n'y vois pas d'inconvénient, plaisanta-t-elle avant de se jeter à son cou. Et maintenant que je sais que tu m'aimes, il va falloir que tu t'habitues à ce genre de démonstration.

Il referma les bras sur elle en riant.

— Peut-être même que j'y prendrai goût, *yineka mou.*

Epilogue

— Comment te sens-tu ? demanda Sergios d'un ton anxieux.

— Très bien ! répliqua Bee en roulant les yeux. Arrête de t'inquiéter !

Elle réprima une moue dépitée devant le reflet que lui renvoyait le miroir. C'était le quatre-vingt-troisième anniversaire de Nectarios et ils donnaient une grande réception en son honneur dans leur villa d'Orestos. Sa robe de soirée était superbe et les diamants qui brillaient à ses oreilles et à son cou, fabuleux. Mais comment paraître élégante avec un ventre énorme ? A presque huit mois de grossesse, elle avait l'impression d'être une baleine…

Sergios l'attira contre lui et posa les mains sur son ventre. Ses yeux se mirent à briller lorsqu'il sentit sous ses paumes les coups de pied de leur fille. Eleni avait quatre ans et elle était très excitée par l'arrivée prochaine d'une petite sœur. Bee avait pris un plaisir immense à préparer la chambre du bébé et elle avait passé de nombreuses heures à choisir meubles, accessoires et layette.

Sergios et elle étaient mariés depuis trois ans et elle avait un peu de mal à le croire. Ils avaient attendu plus longtemps que prévu avant d'essayer de faire un bébé, mais elle était tombée enceinte très rapidement.

Aucun nuage ne troublait son bonheur. L'année précédente, Melita Thiarkis avait vendu la maison qu'elle possédait sur l'île et s'était installée à Milan avec un milliardaire italien.

Bee n'avait jamais participé à l'association dont s'occupait Jon Townsend, mais elle soutenait une organisation qui venait en aide aux adultes handicapés comme sa mère. Lorsqu'elle ne courait pas dans tous les sens après les enfants et qu'elle n'était pas en voyage avec Sergios — ils n'aimaient pas être séparés plus de quelques nuits — elle recherchait des sponsors et collectait des fonds.

Sa mère, Emilia, beaucoup plus heureuse et épanouie qu'à Londres, était à présent parfaitement intégrée à la vie de l'île et ne souffrait plus de la solitude. Elle était ravie de vivre à proximité de sa fille et d'être considérée comme une grand-mère honoraire par Paris, Milo et Eleni, qui mettaient tous les jours de l'animation dans sa maison.

Nectarios venait souvent chez son petit-fils, où il était toujours reçu à bras ouverts. La perspective d'être bientôt grand-père pour la quatrième fois le réjouissait au plus haut point.

— Tu as beaucoup travaillé pour organiser cette réception. J'aimerais que tu te ménages un peu plus, reconnut Sergios.

La maison était déjà pleine d'invités, et un vrombissement lointain annonçait l'approche d'un autre hélicoptère, qui déposerait de nouveaux arrivants.

— Ne t'inquiète pas, je vais très bien, assura Bee, amusée par l'anxiété de son mari.

Il contempla la femme de sa vie et pria comme souvent pour qu'il ne lui arrive jamais rien. Plus il l'aimait, plus elle devenait indispensable à son équilibre, plus il était angoissé. Cependant, cette hantise secrète était largement compensée par le bonheur infini qui était le sien depuis qu'elle était entrée dans sa vie.

— Je t'aime, *agape mou*, murmura-t-il en haut du majestueux escalier.

Sous son regard éperdu, Bee fut envahie par une joie sereine. Le monde qu'ils avaient bâti ensemble était un havre de paix pour eux et pour les enfants.

— Moi aussi, je t'aime. Bien plus que les mots ne pourront jamais l'exprimer.

collection Azur

Ne manquez pas, dès le 1er mai

FIANCÉE À SON ENNEMI, *Lindsay Armstrong* • *N°3346*

Mariage Arrangé

Trahison. Aux yeux de Kim, il n'y a pas d'autre mot pour décrire ce que Reith Richardson vient de lui faire subir. Car alors qu'elle pensait vivre avec lui une merveilleuse histoire d'amour, elle vient de découvrir qu'il ne l'a séduite que pour mieux la manipuler. Pourquoi, sinon, lui aurait-il caché qu'il était le nouveau propriétaire de Saldanha, le domaine où elle a grandi et que ses parents ont été contraints de vendre ? Mais il y a pire : l'odieux marché que Reith lui propose. Si elle accepte de l'épouser, et seulement à cette condition, elle pourra récupérer son héritage…

AMOUREUSE DE DIEGO ACOSTA, *Susan Stephens* • *N°3347*

Afin d'être engagée pour organiser le prestigieux gala annuel de la famille Acosta, Maxie a décidé de cacher à tous la vérité sur sa famille. Qui, en effet, voudrait employer la fille d'un escroc notoire ? Mais lorsque sa mission la met en présence du séduisant Diego Acosta, Maxie comprend que les choses vont devenir beaucoup plus compliquées pour elle, tant les sentiments que cet homme lui inspire sont intenses. Si intenses qu'une nuit, elle finit par céder à l'appel irrésistible de la passion. Un moment d'égarement qu'elle regrette aussitôt. Car désormais, si Diego vient à découvrir son secret, ce n'est plus seulement sa carrière qu'il pourrait briser, mais aussi son cœur…

LA CAPTIVE DU MILLIARDAIRE, *Abby Green* • *N°3348*

Face au regard peu amène du ténébreux Rocco de Marco, Gracie sent la panique l'envahir. Car le milliardaire italien, convaincu qu'elle lui a volé une importante somme d'argent, a décidé d'exercer sur elle un odieux chantage : tant qu'elle ne lui aura pas rendu ce qu'elle lui a dérobé, il ne la laissera pas quitter son appartement. Révoltée, Gracie n'entend pas céder sans combattre devant cet homme, aussi puissant soit-il. Mais c'est compter sans les sentiments ambigus qu'il lui inspire, bien malgré elle…

UN BOULEVERSANT TÊTE-À-TÊTE, *Caitlin Crews* • *N°3349*

Drusilla ne supporte plus l'indifférence froide que lui témoigne son patron, Rafael Vila, alors même qu'elle l'aime en secret depuis bientôt cinq ans. Aussi décide-t-elle de démissionner pour prendre un nouveau départ loin de cet homme et des regrets qu'il lui inspire. Sauf qu'avant de se séparer d'elle, Rafael exige qu'elle effectue une dernière mission, et qu'elle l'accompagne pour un voyage d'affaires à Bora-Bora. Une exigence à laquelle Drusilla cède bientôt, sans pouvoir empêcher un espoir fou de renaître dans son cœur. Dans ce cadre idyllique, loin de tout, peut-être pourra-t-elle enfin toucher le cœur de son trop séduisant patron ?

UNE SI TROUBLANTE INVITATION, *Elizabeth Power* • *N°3350*

En parvenant à s'introduire dans l'entourage des Clayborne, qui l'ont invitée chez eux sans savoir qui elle était vraiment, Lorrayne pense avoir enfin l'occasion de venger son père. La vie et la carrière de celui-ci n'ont-elles pas été brisées par cette puissante et arrogante famille ? Mais une fois sur place, elle se heurte très vite à l'attitude hostile et méfiante de King, le séduisant héritier du clan. King, dont Lorrayne aurait toutes les raisons de se méfier mais pour qui elle ne peut s'empêcher d'éprouver de l'attirance. Une attirance si intense qu'elle menace de réduire à néant son projet secret…

LA PROMESSE VOLÉE, *Maisey Yates* • *N°3351*

Face à Eduardo Vega, aussi séduisant et ombrageux que dans son souvenir, Hannah reste muette de stupeur. Car cinq ans après leur séparation, il vient de lui annoncer qu'il était toujours son époux. Et pour couronner le tout, il exige qu'elle revienne vivre avec lui, à Barcelone ! Pourquoi, après toutes ces années, revient-il aujourd'hui vers elle ? Révoltée par l'attitude arrogante d'Eduardo, Hannah pense d'abord lui opposer une fin de non recevoir. Sauf que, aujourd'hui comme autrefois, Eduardo a les moyens de faire voler en éclats la vie qu'elle s'est construite…

UN MARIAGE DANS LE DÉSERT, *Susanna Carr* • *N°3352*

Derrière le voile qui lui dissimule le visage, Zoe ne peut détourner le regard du profil aristocratique et sévère de Nadir, prince de Jazaar. Après l'avoir dépouillée de son héritage et traitée en esclave, son oncle la marie maintenant de force à ce cheikh qu'elle n'a jamais vu de sa vie. Une situation désespérée qui ranime pourtant en Zoe une lueur d'espoir. Et si elle tenait enfin une occasion de s'enfuir de ce royaume et de recouvrer sa liberté ? Surtout si, comme elle l'espère, Nadir l'emmène avec lui dans un de ses déplacements à l'étranger. Mais en attendant qu'une telle occasion se présente, elle doit endormir la méfiance de son époux et, comme l'exige la tradition, s'efforcer de satisfaire tous ses caprices…

UNE IMPLACABLE REVANCHE, Chantelle Shaw • *N°3353*

Sous le regard noir et troublant de Thanos Savakis, Tahlia retient à grand peine des larmes de frustration et d'indignation. S'il consentait à l'écouter, il verrait qu'elle n'est pas celle qu'il imagine – une femme sans morale prête à tout pour briser le mariage et la carrière de sa jeune sœur. Et peut-être renoncerait-il à se venger en causant la faillite de Reynold's Gems, l'entreprise dans laquelle les parents de Tahlia ont investi tout ce qu'ils possèdent. Mais à quoi bon le supplier ? Le milliardaire grec n'est-il pas réputé pour être impitoyable ? Pourtant, contre toute attente, celui-ci lui fait bientôt une surprenante proposition : il épargnera sa famille si elle accepte d'être sa maîtresse pendant un mois…

LE CHANTAGE D'UN HOMME D'AFFAIRES, Lynne Graham • *N°3354*

- Les héritières rebelles - 3ème partie

Enceinte ! Ainsi, voilà que quelques heures de passion dans les bras de Navarre Cazier — un moment de folie qu'elle regrette amèrement —, vont bouleverser toute sa vie… Partagée entre le bonheur et l'angoisse, Tawny sait qu'elle n'a pas le choix : elle doit annoncer à Navarre qu'elle attend un enfant de lui. Mais la réaction de celui-ci, qui exige qu'elle l'épouse, la laisse sans voix. Car si elle pressent qu'elle commettrait une terrible erreur en acceptant de lier son sort à celui de cet homme froid et impitoyable — dont un seul regard suffit pourtant à la faire frissonner —, elle sait aussi qu'elle n'a pas le droit de refuser à son enfant la vie qu'elle ne pourra jamais lui offrir...

L'ENFANT SECRET DU CHEIKH, Sharon Kendrick • *N°3355*

- La couronne de Santina - 2ème partie

La couronne de SANTINA

Ella est désespérée. Alors qu'elle fait tout, depuis deux mois, pour oublier le cheikh Hassan Al Abbas et la folle nuit de passion qu'elle a vécue entre ses bras, elle vient d'apprendre qu'elle est enceinte… Alors que la panique menace de la submerger, Ella se résout pourtant à annoncer cette incroyable nouvelle à cet homme qui, après l'avoir séduite, a disparu à l'aube, sans daigner lui donner un seul mot d'explication. Comment réagira Hassan, qui n'éprouve visiblement que du mépris pour elle, quand il saura qu'elle attend un enfant de lui — son héritier ?

Attention, numérotation des livres pour le Canada différente : numéros 1799 à 1804.

Composé et édité par les

éditions HARLEQUIN

Achevé d'imprimer en mars 2013

BRODARD & TAUPIN

La Flèche

Dépôt légal : avril 2013

N° d'imprimeur : 71838

Imprimé en France